Chef mit gewissen Vorzügen

Alles Für Den Boss, Volume 1

Sarwah Creed

Published by Sarwah Creed, 2020.

Chef mit gewissen Vorzügen

von

Sarwah Creed

© 2020 Sarwah Creed

CHEF MIT GEWISSEN VORZÜGEN

First edition. December 9, 2020.

ISBN: 979-8201152574

Written by Sarwah Creed.

Also by Sarwah Creed

Alles Für Den Boss
Chef mit gewissen Vorzügen
Sexy Überstunden
Chef der Begierde

Bad Apples
Love To Hate You
Hate To Love You

Freunde mit gewissen Vorzügen
Die Teufel und Engel
Schmutziger Spieler
Sext Me

grumpy boss
Size of his Shoes
A Boss with Benefits
My Thirty Day Quarantine

An Ex with Benefits
Blind Date

Kings of Hawk Academy
Bad Intentions
Cruel Intentions

Sext Me Crazy
Filthy #TeXXXt
Hot #TeXXXt

The FlirtChat Series
Daily #TeXXXt
Triple TeXXXt
Quadruple TeXXXt
Naughty #teXXXt

Standalone
Claimed By Wolves

Kontakt SarwahCreed

Sexy Bücherwelten - Liebesromane mit Schuss
Für alle, die nicht bekommen von aufregenden, sexy
Liebesgeschichten mit dem gewissen Etwas.
Gegründet von den Autorinnen
Mila Young
Sarwah Creed
Facebook Page ——https://www.facebook.com/SexyBuecherwelten/
Facebook Group - https://www.facebook.com/groups/
SexyBucherweltenCrew/

Rezensenten / Blogger gesucht

... für die heißen Liebesromane von Sarwah Creed & Mila Young!
ARC Link[1]

---

1. https://docs.google.com/forms/d/e/

1FAIpQLSdquB6Ot2daG9DrXAx54tGmOawDxyL81lp0Z96T-yocXJbOPA/

viewform?fbclid=IwAR1FRADw8DJBPmPzI2riW15wGJEkCgcdQ_ctxbgs0xUwSpi7UKezKs

nbfQc

Über die Serie Alles für den Boss:

DANKE, DASS DU DIR meine Neuerscheinungen anschaust. Dies ist das zweite Buch der Serie Alles für den Boss-Serie:

Buch #1 - Chef mit gewissen Vorzügen

Buch #2 - Sexy Überstunden

Buch #3 - Meine Weihnachtsquarantäne

ES SIND UNABHÄNGIGE Geschichten, die in jeder beliebigen Reihenfolge gelesen werden können.

Das sagen Leser über die Serie Alles für den Boss-Serie:

Kurz, aber unterhaltsam!

Habe das Buch auf Facebook empfohlen bekommen und fand Cover und Klappentext ansprechend. Das Buch selbst ist recht kurz, aber trotzdem unterhaltsam. Ich fand die Charaktere niedlich, vor allem Nana, die mich irgendwie an eine verrückte alte Dame erinnert hat (mit ganz vielen Katzen :D), auch wenn sie das gar nicht sein sollte. War ein netter Zeitvertreib und ganz anders als die anderen Bücher der Autorin, etwas erwachsener.

Kurz aber nett!

Die Autorin hat einen sehr eigenen Schreibstil! Wenn man sich daran gewöhnt hat kann man dieses Buch gut lesen.

Über Chef mit gewissen Vorzügen

Je größer die Schuhe, desto größer der Schw***.

Das war zumindest meine Theorie.

Der Sex mit meinem Verlobten war so schlecht, dass ich danach nicht einmal sicher war, ob ich überhaupt meine Jungfräulichkeit verloren hatte.

Mann, es war an der Zeit, abzuhauen. Also tat ich genau das. Ich packte meine Sachen und ließ meinen Verlobten und die Kleinstadt hinter mir.

Ich konnte mir nicht vorstellen, den Rest meines Lebens mit diesem ... Jungen zu verbringen. Was ich brauchte, war ein Mann, der genau wusste, was er tat. Ein Mann, der sicherstellte, dass ein Mädchen keine Zweifel daran hatte, ob sie es getan hatte oder nicht.

Dann traf ich den Boss meiner besten Freundin bei einem Vorstellungsgespräch.

Das Problem war nur, dass alles, auf das ich mich konzentrieren konnte, die Größe seiner Schuhe war. Große Schuhe, großer ... Na ja. Ihr wisst schon. Und während ich diese Füße anstarrte, konnte ich nicht anders, als mich zu fragen: Stimmte das?

Ich wusste nicht, ob ich den Job bekommen würde. Ich wusste nur, dass ich unbedingt herausfinden musste, wie er ausgestattet war.

Und anhand seines wissenden Grinsens wusste ich, dass ich dazu wohl auch die Gelegenheit bekommen würde.

Hinweis der Autorin:

Stelle am besten sicher, dass nicht nur dein e-book bereit ist, sondern auch ein Handtuch in der Nähe liegt, wenn du das Happy End liest!

Kapitel Eins

Kent

Vier Jahre zuvor ...

FUCK!

Wieder einmal eine Nacht, in der ich mich absolut ungenügend fühlte. Ich hatte meine Brille gegen Kontaktlinsen getauscht, sogar die Streberklamotten gegen die standardisierte Uniform der jungen Amerikaner, um mich im College anzupassen. Das war jetzt zwei Jahre her und fühlte sich an wie eine komplette Zeitverschwendung. Es war egal, was ich tat, ich wurde immer noch wie der Streber behandelt, der ich damals war. Und jetzt mehr denn je.

„Wie zur Hölle machst du das, Mann? Ich meine, dir liegen die Mädels sabbernd zu Füßen. Und bei mir? Mich gucken sie nicht einmal an."

Ich sackte zurück auf mein Bett und dachte darüber nach, mit Jeff, meinem Mitbewohner, der langsam, aber sicher zu meinem besten Freund wurde, auf eine Party zu gehen. Wahrscheinlich auch mein einziger Freund. Niemand auf dem Campus beachtete mich, außer wenn Jeff dabei war, und wenn er das nicht war, war das höchste der Gefühle ein: „Hey Mann, wo ist Jeff?"

„Geh nicht so verdammt hart mit dir ins Gericht." Er tätschelte mir beruhigend die Schulter. Dieser Typ hatte einfach alles, von seiner italienisch-oliven Hautfarbe bis zu seinen grünen Augen und den Muckis, die Arnold Schwarzenegger neben ihm wie einen Wurm aussehen ließen. Er war heiß und ja, wenn ich so veranlagt wäre, würde selbst ich mit ihm in die Kiste steigen. Aber das war ich nicht. Ich war nur der Typ, der ein Zimmer mit ihm teilte und all die Mädels sah, die sich wünschten, ich zu sein. Also, weil sie ein Zimmer mit ihm teilen wollten. Aber nicht für eine Nacht, sondern jede Nacht!

Er hatte so eine Art an sich, die jeden gut fühlen ließ. Er war der Typ, der das Herz eines Mädchens brechen könnte und am nächsten Tag würde sie sich entschuldigen, dass sie vor ihm geheult hatte. Der Typ, bei dem sich die Professoren entschuldigten, wenn sie ihm eine schlechte Note gaben. Der Typ, der in eine Bar kam und sich aussuchen konnte, von wem er einen Drink ausgegeben bekommen wollte.

Er war der Kapitän der Football-Mannschaft und hatte neben dem guten Aussehen auch noch Köpfchen. Und er hatte Geld. Scheiße, das hatte ich auch, aber mir passierte dieser Mist nie, wenn ich irgendwo hinkam. Ich ging auf die Staatsuni und dachte, dass ich mich endlich vor Mädchen nicht mehr retten könnte, wenn ich nur meine Brille gegen Kontaktlinsen tauschte und mich statt wie ein Junge, der besessen von Star Trek war, wie ein Mann kleidete. Ich dachte, die Uni wäre besser als die Highschool oder Grundschule. Und irgendwie war sie das ja auch. Damals hatten sie mich alle ausgelacht – der Sohn eines Milliardärs und ein hoffnungsloser Streber.

Hier ignorierte mich jeder, was besser war, als ausgelacht zu werden, aber ich war immer noch Jungfrau. Das war etwas, das schwer auf meinem Gemüt lastete. Ich war hierhergekommen und dachte, die Dinge würden sich ändern. Meine Schwester Caroline half mir beim Klamottenshoppen, bevor ich hierherkam. Wir standen uns nahe, bevor ich die Uni anfing, und jetzt sprachen wir kaum noch miteinander. Es war, als ob wir weniger gemeinsam hätten, je älter wir wurden, obwohl uns nur ein paar Jahre trennten.

„Sitzt du hier jetzt die ganze Nacht und verhältst dich wie eine Heulsuse? Was du brauchst, sind größere Schuhe, Kent.“

Ich hatte eine Sekunde lang vergessen, dass er im Zimmer war, weil mein Verstand zu verloren war in den Unterschieden zwischen Uni und Highschool und weil ich versuchte, das Positive zu sehen ... Nur außer dem Nachhausekommen jede Nacht gab es nicht viel Positives.

„Schuhe. Warum zur Hölle sollte ich größere Schuhe brauchen, wenn meine perfekt passen?"

Das war ein weiterer negativer Punkt, wenn man auf die Yale-Universität ging. Niemand redete so, wie ich es tat.

Die Studenten ließen herkömmliche Grammatik wie aus der Steinzeit erscheinen, während sie in ihren eigenen gestelzten, fehlgeleiteten Sprachen miteinander kommunizierten, die für jemanden wie mich keinen Sinn ergaben. Für jemanden, der perfekt in allem sein wollte, was er tat, aber kläglich scheiterte, wenn es dabei um das andere Geschlecht ging.

Seine Augen blitzten spitzbübisch, wie ich es schon ein paar Mal bei ihm gesehen hatte. Wie zum Beispiel, als er in flagranti mit seiner neuen Freundin im Bett erwischt wurde und seiner alten vergessen hatte zu erzählen, dass es vorbei war. Die, die ich versucht hatte, daran zu hindern, in das Zimmer zu stürmen und ihn zu erwischen. Irgendwie hatte er es innerhalb weniger Tage geschafft, dass seine alte Freundin darum bettelte, ihn zurücknehmen zu dürfen, und seine neue Freundin ihn bat, sie nicht zu verlassen.

Wie macht er das nur?

Was war es, dass das andere Geschlecht denken ließ, er wäre irgendeine Art Gott? Es musste wohl seine Leistungsfähigkeit im Schlafzimmer sein. Alles, was ich wusste, war, dass ich ihn an diesem Tag verdammt beneidet hatte.

Er legte seine Hände auf meine Schulter, als ich aufstand, und sah mir direkt ins Gesicht. „Denk dran, ich hab dir schon gesagt, dass der einzige Grund, warum ich die Mädels abschleppe ..."

Ich unterbrach ihn, bevor er beenden konnte, was er sagen wollte. Er hatte es schon so oft gesagt, dass es nicht mehr wie Musik in meinen Ohren klang, sondern eher wie ein konstantes Mückengesumme.

„Je größer die Schuhgröße, desto größer der Schwanz. Ja. Aber das Ding ist, dass die Mädchen an so einen Scheiß nicht glauben." Ich lachte, als mein Blick auf seine Schuhe fiel, die verdammt gigantisch aussahen.

Er schüttelte den Kopf. „Zieh sie mal an", meinte er und hielt mir ein Paar seiner Sneakers hin, die wie von Zauberhand in seinen Händen erschienen waren, sobald er sie von meinen Schultern genommen hatte.

War er jetzt auch noch ein verdammter Zauberer?

„Stopf einfach eine Socke rein oder so. Wenn es funktioniert, kannst du mir immer noch später danken."

Ich beäugte seine Sneakers und fragte mich, ob er ein Verrückter, ein Zauberer oder ein Hellseher war. Kopfschüttelnd wandte ich mich ihm zu. „Was hast du schon zu verlieren?", fragte er.

Ich musste da nicht zweimal drüber nachdenken. Er hatte recht. Ich steckte ein Sockenknäuel in die Sneakers und schlüpfte hinein. Zunächst fühlte es sich etwas unbequem an, aber dann, als ich anfing zu gehen, sagte Jeff: „Das ist der Gang eines Mannes auf einer Mission."

Ich fühlte mich nicht mehr, als wäre das hier eine dumme Idee. Nein, ich fühlte mich, als wäre ich dabei, einen Neuanfang zu erleben. Ich runzelte nicht mehr die Stirn, sondern stellte ein verdammt großes Lächeln zur Schau, während ich über die magischen Worte von Zauberer Jeff nachdachte.

Kapitel Zwei
Emma
In der Gegenwart ...

ICH STAND VOR DEM SPIEGEL, begutachtete mich und fragte mich, ob das Leben in New York City mich verändert hatte. Ich fühlte mich nicht mehr wie das Mädchen vom Land, das Minnesota vor sechs Monaten verlassen hatte. Aber immer, wenn ich versuchte, einen neuen Job zu ergattern, fragte man mich, aus welchem Teil des Landes ich kommen würde.

„Du bist vom Land, nicht wahr?" Die Männer fragten das meistens mit einem raubtierhaften Grinsen, als ob sie Frischfleisch rochen, das sie verschlingen konnten.

„Du bist nicht von hier, oder?" Die Frauen fragten das mit einem spöttischen Grinsen auf den Lippen, während sie mich anstarrten, als wäre ich ein Käfer, den sie in ihren Lattes gefunden hatten.

‚Von außerhalb' schien nie eine ausreichend gute Antwort zu sein. Es war fast, als wüssten sie, dass ich von ganz woanders her war als sie, und als würde mich das automatisch als minderwertig disqualifizieren.

Gail hatte Minnesota verlassen, um mit ihrem BWL-Abschluss nach New York zu ziehen. Sie hatte das College mit hohen Schulden für die Studiengebühren verlassen, weil ihre Eltern nicht genug hatten, um sie überhaupt auf das College zu schicken, geschweige denn auf eine Universität. James Associates bot ihr die Möglichkeit, ein Jahr lang als Junior Associate dort zu arbeiten, während sie sie finanziell unterstützten, um ihren Bachelor zu machen.

Es war die Chance ihres Lebens. Als sie auf das College ging, war es schon schwer für mich, aber als sie mir sagte, dass sie nach New York City ziehen würde, war es noch schlimmer. Sie war meine beste Freundin, obwohl es offensichtlich war, dass sie nicht wie ich enden würde; verheiratet mit dem Kindheitsschwarm. Aber auch da gab es ein Problem. Als wir uns in dieser Nacht voneinander verabschiedeten, gestand ich ihr, dass ich nicht glücklich war. Mir ging es miserabel und das alles hatte damit zu tun, dass ich mein Leben mit Abe verbringen würde.

Sie sagte, dass ich mitkommen und New York erleben sollte, und, na ja, das war jetzt sechs Monate her. Sechs lange Monate. Jedes Mal, wenn ich darüber nachdachte, zurück nach Hause zu gehen, musste ich heulen. Und je länger ich auf dem Sofa abhing und heulte, desto schneller wollte mich Claire, ihre Mitbewohnerin, raushaben.

Ich hatte die letzten Wochen damit verbracht zu heulen, als wäre ich in tiefer Trauer. War ich in gewisser Weise auch, auch wenn ich niemanden verloren hatte. Ich fühlte mich hoffnungslos und nicht mehr in der Lage, mein Leben zu kontrollieren, was wirklich kein schönes Gefühl war. Auch meine Träume verabschiedeten sich langsam. Jetzt gerade würde ich alles tun, Tische bedienen, Böden schrubben, Kaffee ausschenken. Alles, was keinen Abschluss und möglichst kaum Erfahrung benötigte, weil wir diese Sachen so gut wie jeden Tag schon machten.

„Haben Sie Erfahrung im Putzen?" Die Besitzerin einer Reinigungsagentur hatte mich das gefragt, als ich mich um einen Job bei ihr beworben hatte.

„Ja, ich putze jeden Tag in meiner Wohnung", hatte ich geantwortet, aber das schien nicht gut genug für sie zu sein. Sie verabschiedete sich von mir und rief den Nächsten herein.

Meine beste Freundin Gail meinte, dass es die falsche Antwort gewesen sei. Ich hätte lügen sollen und sagen müssen, dass meine Tante zu Hause, ‚außerhalb‘ oder ‚in der großen Stadt nebenan‘, einen Coffeeshop besäße, in dem ich oft ausgeholfen und geputzt hätte.

Das Gleiche hätte ich sagen sollen, als ich gefragt wurde, ob ich Erfahrung hätte im Brühen von Kaffee. Ich allerdings erzählte lieber die Wahrheit: „Ich brühe jeden Tag Kaffee. Es ist das Erste, was ich jeden Morgen nach dem Aufstehen tue.“

Ich erntete ein Stirnrunzeln und ein Seufzen. Natürlich wurde ich abgelehnt, als wäre ich von einem anderen Planeten. Ehrlich währte eben doch nicht immer am längsten – und ich hatte anscheinend nicht den nötigen Elan. Ich war nicht der Typ, der ausstrahlte, dass er jeden Job machen könnte, weil ich keine professionelle Erfahrung besaß.

Je mehr ich darüber nachdachte, desto mehr wusste ich, dass ich lügen musste. Nur lag mir das einfach gar nicht; ich bekam schon Kopfschmerzen, wenn ich das Lügen nur probte. Die Tür öffnete sich und es war Gail, die nach einem harten Tag voller Arbeit nach Hause kam. „Süße, bemitleidest du dich gerade wieder selbst?“

Ich versuchte, eine Träne wegzuwischen, die sich gerade löste, aber ich wusste auch, dass mich meine beste Freundin viel zu gut kannte. Das, und weil ich von Taschentüchern umringt war, die ohne Frage bewiesen, dass ich den ganzen Tag schon am Heulen war.

„Nein, überhaupt nicht. Du bist früh zurück.“ Ich schniefte und hoffte, dass ein Themenwechsel mich besser fühlen lassen würde.

Sie schlug die Tür zu und kam zu mir ans Bett, was eigentlich das Sofa mitten in dem kleinen Zwei-Zimmer-Apartment war. Na ja. ‚Mitten‘. Es wurde eher mitten in den Raum geschoben, nachdem der Frühstückstisch zur Seite gerückt wurde, damit ich etwas mehr Platz hatte und meine Sachen nicht alle in Gails Zimmer unterbringen musste. Sie sackte auf den Platz neben mir.

„Du musst von dieser Couch runter.“

Ich schniefte zur Verteidigung. „Niemand will mich einstellen. Niemand will mir einen Job geben. Ich muss wieder nach Hause.“

„Zu Abe?“ Sie keuchte erschrocken auf.

Es wirkte, als würde sie sein Name mehr anwidern als mich. Mein Kindheitsschwarm, derjenige, von dem ich dachte, dass ich den Rest meines Lebens mit ihm verbringen wollte. Bis zu dieser einen Nacht. Diese Nacht hätte der Anfang von etwas Neuem sein sollen für mich, aber es war das Ende einer Ära in meinem Leben. Ich begann, einen neuen Weg einzuschlagen – den Weg nach nirgendwo.

„Ich bekomme keinen Job und Claire hat es mehr als deutlich gemacht, dass ich nach ihrer Rückkehr Miete zahlen oder ausziehen muss, wenn ich vorhabe, weiterhin auf dieser Couch zu schlafen. Was in genau drei Wochen und vier Tagen ist. Nicht, dass ich die zähle oder so. Ich will nicht zurück nach Hause.“ Ich warf die Arme händeringend hoch, während ich mich auskotzte – das war mehr Sport, als ich den ganzen Tag über gehabt hatte.

„Atme erstmal ruhig durch.“ Sie atmete ein und ich ahmte es ihr nach, während ich die Hand beruhigend auf meine Brust legte.

„Du bist blond.“

Was hatte das damit zu tun?

„Du bist wunderschön und du singst wie ein Kanarienvogel. Erinnerst du dich noch an deinen Auftritt letzten Monat?“

Ich nickte und wünschte, sie würde mich nicht daran erinnern. Wir waren in einer Jazz-Bar gewesen und die Sängerin war krank oder kam nicht, ich erinnerte mich nicht an die genauen Details. Gail kannte den Besitzer und erzählte ihm, dass ich diese Nacht singen könnte. Ich sprang ein und entschied mich zu singen, dachte, es könnte meine Chance sein, hier in dieser Stadt bleiben zu können, aber der Gedanke daran machte mich nur noch nervöser. Es war so viel Druck, dass ich einige Kurze Tequila trinken musste. Keine gute Idee, wenn man nicht sehr oft trank. Ich sang also nicht nur die ganze Nacht, sondern kotzte am Ende auch unter das Klavier, weil ich zu viel Tequila trank, um meine flatternden Nerven zu beruhigen. Pech gehabt!

„Ja, ich hab mich wie ein Trottel benommen", schluchzte ich, als mir die Worte des Besitzers wieder ins Gedächtnis gerufen wurden: „Ja, sie kann singen. Aber sie verträgt keinen Alkohol. Was für eine Schande."

Meine einzige Chance in sechs Monaten und ich hatte es vergeigt.

„Ich mache mir selbst etwas vor. Ich konnte ja nicht einmal die eine Chance nutzen, die sich mir geboten hatte. Die eine. Die wirklich einzige."

Je mehr ich sagte, desto mehr fühlte ich, wie ich in eine Depression verfiel. Ich fühlte mich sogar noch bemitleidenswerter als damals in dieser Nacht.

„Ich muss ..."

Sie wartete nicht, dass ich meinen Satz zu Ende brachte. Den einen, der mir seit vergangener Woche auf der Zunge lag. Seit ihre Mitbewohnerin mir gesagt hatte, dass ich meinen Teil beitragen oder gehen sollte.

„Du musst aufhören, Tequila zu trinken, und zu meinem Boss gehen. Das ist der Grund, warum ich heute früher nach Hause gekommen bin. Er schmeißt irgendeine Party, die Party des Jahres oder so."

Ich kicherte. „Dein Boss. Der mit den großen Schuhen."

Sie wurde rot und warf ihr rötliches Haar über die Schulter. Der Boss, auf den sie scharf war und bei dem ihre grünen Augen immer aufleuchteten, wenn ich ihn erwähnte.

„Ja, der. Aber ernsthaft, er geht wirklich aufs Ganze mit seiner Party. Keine Kosten oder Mühen werden gespart. Ich hab ihm von dir und deiner Stimme erzählt. Er zahlt echt viel für eine Sängerin. Genug, dass du deinen Teil hier beitragen kannst und auf deine Füße kommst."

Mein Verstand wanderte zurück zu den Tequila-Kurzen und dann zu der Idee, vor ihrem Boss zu singen.

„Lass mich nicht hängen, Emma. Bleib", bat Gail. „Sing und dann, wenn es nicht klappt, helfe ich dir sogar beim Packen."

Ich nickte, unsicher, wie ich es hinbekommen sollte, vor ihrem Boss zu singen – ganz besonders, wenn sie recht hatte mit ihrer Annahme. Denn er war nicht nur heiß, sondern hatte auch noch ziemlich große Schuhe.

Kapitel Drei
Emma

IN DEN LETZTEN JAHREN hatte ich eine Fähigkeit entwickelt. Eine, auf die ich nie stolz war, sie zu besitzen, und die ich immer irgendwie versuchte zu verleugnen. Nicht nur wenig, sondern wirklich stark. Wie das eine Mal, als ich meinen Highschool-Abschluss machte und jeder anfing, über seine Zukunftspläne zu sprechen.

„Ich gehe in die Großstadt und werde ein Topmodel", erklärte die Kapitänin der Cheerleader, Sandy, mit ihren großen Titten. Sie schaffte es tatsächlich in die Großstadt und lebte in einer Villa – der Playboy-Villa. Sie hatte ihren Namen geändert, von Sandy zu Tiffini, aber wir alle wussten, dass sie es war.

„Ich werde ein sehr erfolgreicher Anwalt", sagte Frances, deren Vater Anwalt war und, wenig überraschend, ihr Onkel auch. Es gab auch Gerüchte, dass der Familienhund Bentley in seinem echten Leben ein Anwalt war. Sie studierte an einer der besten Universitäten des Landes und war drauf und dran, die Beste der Besten auf der Welt zu werden. Und es bestand eine neunundneunzigprozentige Chance, dass ihr Traum in Erfüllung gehen würde.

Und ich ... Ich sagte: „Ich werde Abe heiraten und so viele Kinder wie möglich haben, am liebsten drei oder vier."

Ich hatte die Augen vor der Wahrheit verschlossen. Die Abschlussnacht kam und ging, wir hatten Sex gehabt und ich wusste sofort, dass ich keine Intention hatte, Abe zu heiraten, geschweige denn seine Kinder auszutragen. Ich hatte Albträume davon, die ich oft meinen Freunden erzählte, aber alle drei ärgerten mich nur damit, dass ich nie erfahren würde, wie die Kinder gezeugt wurden, weil ich nie wusste, ob Abes Schwanz in mir war oder nicht.

Was stimmte.

Wenn wir Sex hatten, wusste ich nie, ob er in mir war oder Abe gekommen war. Und das Schlimmste daran war, dass ich nie erfahren hatte, wie es sich anfühlte, selbst zu kommen. Klar, es gab auch andere Wege, sich zum Orgasmus zu bringen, aber Abe ging diese Wege nie mit mir. Wenn ich bei ihm blieb, würde ich selbst herausfinden müssen, wie es ging. Das war damals, bevor ich etwas getan hatte, das keiner von uns erwartet hätte: Ich zog aus und in die Großstadt. Ausziehen, weglaufen, wie auch immer man es nennen wollte.

Das Leben in der Großstadt, und von dem wenigen Taschengeld meiner Eltern zu leben, war nie auf meiner Liste der Dinge, die ich machen wollte, wenn ich groß war. Ich dachte also, dass ich vielleicht eine oder zwei Wochen bleiben würde, wenn ich keinen Job fand. Aber ... irgendwas hier ließ mich bleiben und hielt mich davon ab, zurück nach Hause zu fahren. Es passierte jedes Mal, wenn Abe und ich telefonierten, uns SMS oder E-Mails schrieben und er anfing, unsere Hochzeit zu planen, sobald ich wieder zu Hause wäre.

Ich dachte früher, dass ich ein schrecklicher Mensch wäre und ihm etwas vormachte. Aber ich hatte ihm eine E-Mail geschrieben, in der stand, dass ich ihn nicht heiraten wollte. Ich hatte es ihm auch am Telefon gesagt, mehr als einmal, und jedes einzelne Mal hatte er meine Zweifel einfach so weggewischt. Er sagte, dass ich nur verwirrt sei, dass ich nicht hierhergehörte, und das ließ mich nur noch mehr bleiben wollen. Ich bemerkte, dass sich mein ganzes Leben nur darum drehte, was andere sagten, das ich wollte oder brauchte. Meine Bedürfnisse und Wünschen wurden nie akzeptiert.

Es gab nur ein Problem.

Ein großes Problem.

Ich wusste nicht, was ich im Leben erreichen wollte. Ich musste ... mehr sein. Bislang bedeutete das, in einem kleinen Zwei-Zimmer-Apartment zu schlafen, und zwar nicht mal in einem der Betten, sondern auf dem Sofa.

„Emma. Reiß dich zusammen!"

Gail brüllte mich an, als ich auf dem Sofa saß und mich fragte, ob es wirklich eine gute Idee war, das zu tun. Das war das zweite Problem. Ich konnte mich nie entscheiden. Seit ich in der Stadt lebte, war ich noch unentschlossener, weil bis jetzt alles, was ich im Leben getan hatte, irgendwie roboterhaft gewesen war: zur Schule gehen, mit Abe zusammen sein, Gail helfen. Ich nahm einen tiefen Atemzug, während ich ihre Worte in meinem Kopf wiederholte.

,Du wirst genug Geld verdienen, um ...'

Ich schüttelte meinen Kopf, als ich darüber nachdachte, aus diesem Arrangement auszusteigen.

„Ich würde genug Geld verdienen, um es von dieser Couch runterzuschaffen?"

Ich stand auf und nahm ihre Hand in meine.

„Ja, und jetzt müssen wir dir etwas zum Anziehen besorgen."

Sie öffnete die Schlafzimmertür, dann ihren Schrank, und reichte mir in Sekundenschnelle ein Kleid. Eines, das offensichtlich ihr gehörte, denn es offenbarte etwas zu viel Haut. Ich fragte mich für den Bruchteil einer Sekunde, ob ich auf ein Date ging. Sie hatte weiß Gott zu viele Male versucht, mich zu einem zu bewegen.

„Das ist bestimmt nicht das, was ich tragen sollte. Erst recht nicht tagsüber und schon gar nicht für ein Vorstellungsgespräch für ... was genau? Eine Stelle als Sängerin oder Stripperin?"

Ihre grünen Augen blitzten. „Du würdest das hier nicht mal nachts anziehen."

Es war gerade groß genug, um die wichtigsten Stellen zu bedecken.

„Wo ist der Rest davon?", fragte ich, als ich versuchte, meine Hände auszustrecken, um das Ding, das nur wenig größer aussah als ein Tanga, vor mir zu begutachten.

„Gibt's nicht!"

Ich war kurz davor, zu protestieren, als ich mich daran erinnerte, was sie gesagt hatte, als sie es das letzte Mal anhatte und wir ausgegangen waren: ‚Es überlässt nichts der Fantasie und trotzdem wollen die Männer mehr. Nach dem Motto: Du darfst gucken, aber du darfst nichts anfassen.'

Ich wollte nicht, dass mich Männer anstarrten, geschweige denn anfassten.

Ich wusste aber, dass ich es tun musste. Ich schluckte meinen Stolz runter und wollte es einfach nur hinter mich bringen.

Mit einem tiefen Atemzug dachte ich an Mary Poppins. ‚Ein Löffelchen voll Zucker ... und was bitter ist, wird süß.' Nun, in diesem Fall würde mich mein unterdrückter Stolz weg von der Couch und in ein echtes Bett bringen.

„Sags mir noch mal, wie viel zahlt er für diese eine Nacht?"

„Zehn Riesen."

Japp, das war definitiv genug, um mich von dem Sofa runterzubekommen. Ich zog meinen Schlafanzug aus, den ich schon den ganzen Tag trug.

Bäh.

Ich hatte früher am Tag geduscht und mich entschieden, dass es keinen Grund gab, mich umzuziehen, daher hatte ich mich zurück in meinen Schlafanzug gekuschelt und über meinen Lebensplan nachgedacht. Was wiederum darin endete, dass ich erneut heulte. Jetzt hatte ich etwas, auf das ich mich freuen konnte. Ich würde von diesem Sofa aufstehen und endlich in einem echten Bett schlafen.

In meinem eigenen.

Kapitel Vier
Kent

„KENT, SIND SIE DAS?"

Fuck! Dr. West. Wann ist die Mitglied im Country Club geworden?

Ich geriet nie in Panik, nur wenn mein Geheimnis kurz davor war, enthüllt zu werden, und das könnte genau jetzt passieren.

„Ja", flüsterte ich in einer Tonlage, von der ich nicht mal wusste, dass ich sie beherrschte. Es klang viel zu doll nach dem Teenager, der ich einst war.

„Es ist nur ... Ich wusste gar nicht, dass Sie Mitglied in diesem Club sind. Oh, nun ja, es ist schön, Sie zu sehen!"

Sie lächelte immer, während sie ihren Fünf-Sekunden-Scan durchführte. Das, was sie jedes Mal tat, wenn ich mit einem Problem in die Klinik kam. Fünf-Sekunden-Scan, um zu schauen, ob ihre medizinischen Röntgenaugen analysieren könnten, was mit mir los war, noch bevor die Worte meinen Mund verlassen konnten.

„Ja."

Ich wollte diese Unterhaltung kurzhalten und schnellstmöglich abhauen. Ich musste duschen und zurück ins Büro, aber all das verpuffte, als ihre dunklen Augen an dem Übel der Beschwerden hängenblieben, die ich in letzter Zeit nur allzu oft hatte.

„Tragen Sie immer noch den Verband?"

Derjenige, von dem ich behauptet hatte, ihn tragen zu müssen, nur um diese verdammten Schuhe weiterhin tragen zu können. Das war etwas, das ich damals in der Uni getan hatte, um meine Jungfräulichkeit zu verlieren. Ich hatte mehr als einmal Sex gehabt in dieser ersten Nacht und seither eine Art Zuneigung für sie entwickelt. Ich hatte die Uni verlassen und der Nervenkitzel, wenn eine Frau auf meine Schuhe blickte und dachte, dass sie die Nacht ihres Lebens erleben würde, machte süchtig.

Es war dumm.

Aber es machte verdammt süchtig.

„Ja."

Ich klang wie ein Teenager, der auf seinem ersten Date war. Ich wurde knallrot und wusste nicht, was ich sagen sollte. Ich musste von ihr weg, ich konnte die Röte auf meinen Wangen spüren, als ich mich an ihr vorbeidrückte und sie fast auf meine Schuhe trat.

„Hatte ich Ihnen nicht gesagt, dass Sie aufhören sollten mit dem Verband, damit Ihre Füße etwas Zeit zum Atmen haben?"

„Ja."

Was ist nur los mit mir und diesem verdammten Wort?

„Dr. West, ich muss wirklich los, die Zeit und so."

Sie nickte. „Natürlich. Aber wenn Sie in naher Zukunft nicht vorhaben, einen Podologen aufzusuchen, schlage ich vor, dass Sie etwas unternehmen."

„Ja."

Ich war außerhalb ihrer Sichtweite, aber wusste trotzdem, dass sie recht hatte. Ich war vierundzwanzig, fast fünfundzwanzig, und musste aufhören, mich wie ein verdammtes Kind zu benehmen. Ich musste mein wahres Ich herauslassen, aber es war so schwer. Wer hätte gedacht, dass es mir nicht reichen würde, ein Milliardär zu sein? Oder jedes Mädchen haben zu können, das ich wollte, an jedem Tag der Woche? Die Welt zu bereisen und die letzten drei Jahre Tennischampion zu sein?

Klar, dieser Club war nichts im Vergleich zu den US Open, aber meine Familie war reich und ich half eben, sie ein bisschen reicher zu machen. Warum war das also nicht genug? Ich war mir auch sicher, dass es nicht an der Größe meiner Schuhe lag, warum ich es schaffte, jede Nacht eine andere Frau ins Bett zu bekommen. Aber dann wiederum fragte ich mich, warum ich überhaupt noch diese Schuhe trug, die viel zu groß für meine Füße waren, wenn das wirklich stimmte. Ich schielte in die Richtung, in die Dr. West gegangen war, und fühlte, wie sich mein Kiefer anspannte.

Ich machte mir selbst ein Versprechen, dass ich in dem Moment, in dem der Deal mit den Japanern unter Dach und Fach war, diese verdammten Schuhe und alle anderen Schuhe, die nicht passten, loswerden würde. Ich würde mich wie ein Mann verhalten. Es war Zeit, das Uni-Kind zurückzulassen, das nur seine Jungfräulichkeit verlieren wollte. Schließlich war das Leben zu kurz und ich würde wohl kaum Frauen abschleppen, wenn ich im Rollstuhl saß und nicht mal mehr gehen konnte. Nein. Ich musste mich verändern, und zwar sobald dieser Deal durchging.

Kapitel Fünf
Emma

ICH WUSSTE JETZT, WIE sich Alice im Wunderland fühlte. Klar, ich war schon im Büro gewesen, als ich mit Gail ein paar Mal gemeinsam Mittag gemacht hatte. Aber das hier war anders. Ich machte keine Pause von der Jobsuche oder dem Leben an sich, um durch die Stadt zu schlendern; ich hatte ein Vorstellungsgespräch. Klar, das war nicht mein erstes, bei Weitem nicht.

Ich hatte mich schon als Kellnerin beworben, als Tänzerin, Reinigungskraft und Rezeptionistin – in einem Coffeeshop, einer Bar, einem Nachtclub und einer Reihe von Büros. Das Gespräch mit der Reinigungsfirma aber war mir im Kopf geblieben. Sie sagten, ich hätte nicht genug Erfahrung. Ich hatte mich nicht um eine Stelle als Manager beworben oder eine Position als erfahrene Reinigungskraft. Ich wollte einfach nur den Job der einfachen Putzhilfe. Ich hatte ihnen erzählt, dass ich die Toiletten sogar in der Highschool geputzt hatte, weil ich mehr als einmal gehört hatte, wie die Mädchen hereinkamen und wieder gingen, ohne sich die Hände zu waschen. Wenn sie sich also nicht einmal die Hände waschen konnten, war es nahezu unmöglich, dass sie den Schweinkram putzten, den sie in den Toilettenschüsseln hinterließen.

Vielleicht waren das auch zu viele Informationen, aber ich hatte versucht, leidenschaftlich zu wirken. Als ob das Reinigen von Toiletten der Grund war, warum ich überhaupt am Leben war, und als könnte ich gar nicht genug davon bekommen, schon seit jungen Jahren nicht. Als wäre es mein Traum gewesen, Minnesota zu verlassen, um in New York Toiletten zu putzen.

Erbärmlich.

Es hatte nicht geklappt, denn sie hatte sich umgedreht und gesagt, ich hätte nicht genug Berufserfahrung.

Ich meinte, dass das Putzen einer Toilettenschüssel an öffentlichen Orten wohl kaum anders wäre als im eigenen Zuhause, und ich erklärte auch detailgetreu die genaue Menge an Kacke, die Highschool-Mädchen in einer Toilette hinterließen, sowie die unterschiedlichen häuslichen Reinigungsmittel, die gut darin waren, alles wegzuschrubben. Sie sagten nur weiterhin, dass ich nicht genug Berufserfahrung hätte. Um alles noch schlimmer zu machen, behauptete sie noch, dass ich mich schwertat, Anweisungen zu befolgen, und mich entsprechend nicht gut als Einstiegskraft machen würde. Ihre Argumentation basierte darauf, dass ich den Hausmeister hätte anrufen sollen, damit dieser das Problem untersuchen konnte, und wenn er damit einverstanden gewesen wäre, mich reinigen zu lassen, dann erst hätte ich es machen dürfen. Ich hätte es nicht einfach selbst machen dürfen, nur weil ich das Gefühl hatte, dass es mein Recht wäre. Ich war nämlich keine Reinigungskraft damals und wenn der Hausmeister es mir erlaubt hätte, dann hätte ich ihn auch als Referenz angeben dürfen und das als Berufserfahrung angeben können. Klar. Als ob ich mit fünfzehn schon darüber nachgedacht hätte, eine professionelle Reinigungskraft zu werden!

Ich sagte ihr, dass sie dumm wäre und nicht wüsste, wie man die Schüssel einer Toilette richtig saubermachte, weshalb sie auch den Unterschied zwischen einer professionellen Reinigung und einer persönlichen Hygienereinigung nicht verstand. Was natürlich überhaupt nicht dazu beigetragen hatte, den Job zu ergattern. Auch nicht, dass ich ihr danach gesagt hatte, ich bräuchte diesen Job wie ein Drogensüchtiger seine Drogen.

Ich hatte sie beleidigt und die falsche Metapher verwendet, aber das war die einzige gewesen, die mir in diesem Moment eingefallen war. Und diese Frau war leider gut vernetzt. Viel zu gut. Ich wurde nie wieder zu irgendeinem Vorstellungsgespräch als Reinigungskraft eingeladen.

Die nächsten paar Tage hatte ich mein Kleingeld zusammengekratzt und tingelte von Diner zu Diner, um Kaffee zu bestellen, während ich so tat, als würde ich einen neuen Job suchen. Ich musste mal Pause machen, was irgendwie wie ein makabrer Witz anmutete. Ich brauchte eine Pause von der Jobsuche. Arbeitslos zu sein sollte eigentlich eine Pause an sich sein, aber es war so verdammt deprimierend. Manchmal fühlte es sich an, als wäre die Suche nach Arbeit deutlich schwerer als die Arbeit selbst. Nicht, dass ich das jemals belegen könnte, was es nur noch schlimmer machte. Ich wusste nicht einmal, in was ich mich hier hineinmanövriert hatte.

Ich hatte eines Morgens dagesessen, mich selbst bemitleidet und an einem schnell schwindenden Becher Kaffee genippt, als ich hörte, wie zwei Frauen hinter mir zu sprechen begannen. Es war nicht die laute Art und Weise, wie sie sprachen, die meine Aufmerksamkeit auf sie zog. Nein, es war das, worüber sie sprachen. Sie unterhielten sich über ihre Jobs in einem Stripclub und wie die Dinge letzte Nacht schiefgelaufen waren, weil sie nur fünfhundert Doller verdient hatten.

Japp. Genau.

Ich fing also an, etwas Größeres in Angriff zu nehmen, zum Beispiel einen Job in einem Stripclub. Ich wusste, dass es nicht so einfach war, wie es aussah, und dass mehr dazugehörte, als verführerische Blicke durch den Raum zu werfen, während man sich an einer Stange drehte und Männer einen mit Geld bewarfen, aber ich dachte, ich könnte schon lernen, wie man es machte. Ich wusste, wie man tanzte. Das war schon mal der erste Schritt.

Ich tanzte in der Dusche.

Und vor dem Fernseher.

Und dann marschierte ich los und begann damit, Stripclubs aufzusuchen.

Ein Schauer lief mir den Rücken runter, als ich über mein letztes Vorstellungsgespräch nachdachte und an die Art, wie die Reinigungsfrau mich verspottet hatte. Ich wollte diese gefürchteten Worte nicht mehr hören – dass ich keine Erfahrung hätte. Es reichte aus, um fast laut zu schreien. Ich wusste, dass ich so tun sollte, als hätte ich Erfahrung. Berufserfahrung. Diese Frauen verdienten mehr Geld in einer Nacht als Gail in einer Woche. Ich wusste, dass ich mir eines von Gails Kleidern ausleihen musste, ironischerweise genau dasselbe, das ich jetzt auch anhatte, und erzählte ihr dabei von den Mädels aus dem Diner.

Sie meinte, es wäre eine dumme Idee.

Ich sagte ihr, dass sie ihre Meinung ändern würde, wenn ich erst einmal mit der ganzen Kohle nach Hause käme. Mein Ego hatte vielleicht ein paar Kratzer abbekommen, aber das hier fühlte sich an wie mein Ticket aus der Misere. Und es klang nach Spaß. Zumindest klangen die Mädchen im Coffeeshop fröhlich, während sie über ihren Job sprachen, was mehr war, als Gail üblicherweise versprühte.

Ich überlegte, wie anders es wohl sein würde, in einem Club zu tanzen. Ich kam zum Stripclub und bemerkte, dass er gar nicht anders aussah als die ganzen örtlichen Clubs. Nur statt einer Discokugel stand dort eben eine Stange.

Ich hatte den Fakt, dass ich mich ausziehen müsste, völlig verdrängt und mich nur auf das Wesentliche konzentriert – das Geld. Der Stripteil würde schon von allein kommen. Allerdings fand ich schnell heraus, dass ich auch auf diesem Feld keine Erfahrung hatte. Alles, was mir angeboten wurde, war der private Gogo-Tanzraum. Ich war kurz davor, den Job anzunehmen, als mir bewusstwurde, dass der einzige Grund für diese sogenannte Beförderung war, dass ich den Fehler gemacht hatte, ihnen mitzuteilen, dass ich Jungfrau war.

Okay, okay. Das war nicht ganz richtig. Ich hatte mit einem Typen geschlafen, aber ich wusste ja nie, wann er in mir war, geschweige denn, wann er wieder raus war. Technisch gesehen fühlte ich mich daher immer noch wie eine Jungfrau – und der Besitzer des Clubs könnte genauso gut Zuhälter gewesen sein. Er sagte mir, dass er viel Geld einnehmen würde, wenn rauskam, dass er eine Jungfrau in diesem Zimmer hätte, und die Art, wie er es sagte, jagte mir Schauer über den Rücken.

Es brauchte nicht viel, um herauszubekommen, was genau er meinte. Ich verschwand schneller, als ich aufgetaucht war, und ging nach Hause. Als Gail mich fragte, was passiert war, blaffte ich sie an, dass sie mich das nie wieder fragen sollte.

Gottseidank reichte ihr der Blick auf meinem Gesicht aus und sie hatte es nie wieder erwähnt.

Jetzt trug ich dasselbe Kleid und war auf meinem Weg zu einem weiteren Vorstellungsgespräch. Würde ich dieselben Worte hören? Nicht genug Erfahrung? Verdammt. Ich brauchte diesen Job!

„Kommen Sie irgendwann auch wieder aus dieser Toilette raus?"

Scheiße. Ich war schon viel zu lange hier drin, um mich frischzumachen und über all meine vergangenen Fehler nachzudenken. Ich musste meine Prioritäten wirklich neu ordnen. Ich nahm einen tiefen Atemzug, dachte über all die Probleme in der Vergangenheit nach und fokussierte mich auf die Gegenwart. Die, die einen neuen Job beinhaltete. Es war ja nur für eine Nacht. Ich musste nicht darüber nachdenken, meine Jungfräulichkeit zu verlieren, meine Kleider auszuziehen oder Scheiße wegzuschrubben. Die Dinge könnten sich endlich in die richtige Richtung bewegen. Nichts konnte schiefgehen. Oder? Denn es gab hier so viel zu holen und ich musste mich dafür weder schmutzig machen noch anstrengen.

Kapitel Sechs
Kent

„JA?", FRAGTE ICH, als ich in mein Büro kam und jemand in dem Stuhl gegenüber meinem Schreibtisch saß. Es nervte mich. Ich hasste es, wenn Justine jeden in mein Büro ließ, besonders wenn ich nicht da war.

Wo zur Hölle ist sie überhaupt?

Als hätte sie meine Gedanken gelesen, veränderte sich das Lächeln der Blondine im Stuhl zu etwas, das mich wohl beschwichtigen sollte. Alles, woran ich denken konnte, war, nach Hause zu gehen und diese verdammten Schuhe auszuziehen. Ich hatte sie bereits in der Limo ausgezogen, dann hatte mich Steven, einer meiner Fahrer, mehrfach um den Block gefahren. Ich hatte ihn angelogen und gesagt, ich würde etwas prüfen wollen. Ich musste nichts prüfen, ich wollte nur die verdammten Schuhe nicht wieder anziehen. Bis er mich daran erinnerte, warum ich überhaupt ins Büro fahren musste. Und das Einzige, an das ich denken konnte, war ein total absurder Gedanke, in dem Männer eine Geburt durchstanden.

Oh, oh verdammt nein.

Wir waren nicht dazu gemacht, diese Schmerzen auszuhalten. Ich dachte an Caroline und die vielen Male, in denen sie sich darüber beschwert hatte, dass ihre Füße wehtaten. Mom hatte ihr immer gesagt, dass das gar nichts wäre im Vergleich mit der tatsächlichen Geburt, und ich war froh darüber, so dankbar, dass ich nur den einen Typ Schmerz erleben musste, dafür aber nie den anderen.

Nie.

Dann wiederum hatten die Schmerzen erst letztes Jahr begonnen. Ich hatte schon lange nicht mehr an Moms weise Worte an Caroline gedacht, aber als die Schmerzen anfingen, erinnerte ich mich an den exakten Wortlaut. Und dann, als die Schmerzen zur Gewohnheit wurden statt eines gelegentlichen Ziepens, war ich schon darauf eingestellt. Ich hatte diese kribbelnde, vernichtende Empfindung bereits eine lange Zeit ignoriert. Ich war schon so lange dabei, dass dieses Gefühl fast zur neuen Normalität wurde. Außerdem hatte ich mich weiterentwickelt seit meiner Uni-Zeit. Die Schuhe waren jetzt Maßanfertigungen, nun mit einem Klotz vorne drin, vor dem meine Füße reinschlüpfen konnten. Das hätte meine Probleme beheben sollen. Tat es auch, zumindest für eine Weile. Das war meine Routine, bis ich eines Tages Tennis spielte und mein Knöchel sich anfühlte, als wäre er gerissen und hätte dabei jeden Knochen und jede Sehne in meinem Fuß zerstört.

Ich musste mich jetzt allerdings konzentrieren und herausfinden, wer diese Frau war, die in meinem Büro saß. Sie war süß, jung, aber interessant. Hatten die Japaner sie geschickt?

„Wenn Sie nicht sprechen, dann weiß ich nicht, was Sie hier tun, nicht wahr?"

Ich wartete nicht auf ihre Antwort, da ich Gail auf mich zustürmen sah. Dem Ausdruck auf ihrem Gesicht nach war sie auf einer Mission. Eine Mission, von der ihr Leben abhing. Sie hatte ein Glänzen in ihren grünen Augen, die ihr rotes Haar noch lebendiger wirken ließen. Manche würden das als attraktiv bezeichnen; ich fand es einfach nur verdammt heiß.

Aber ich hatte eine Regel: *Man fickt nicht an der Kostenstelle.*

Ich wusste, dass es mit ihr gut werden würde. Aber die Konsequenzen wären ein ganz anderes Thema. Etwas, das ich nicht riskieren würde. Ich wollte nicht, dass sie bemerkte, wie interessiert ich war, denn wenn sie es wüsste, dann könnte ich ihr möglicherweise nicht mehr widerstehen. Wenn überhaupt, war ich im Vergleich mit den anderen Mitarbeitern eher hart im Umgang mit ihr – auch wenn alles, was ich tun wollte, etwas anderes Hartes beinhaltete.

„Was?", bellte ich.

Es erschreckte sie, denn sie hielt an der Tür inne und ihre Haare fielen perfekt zurück in Position, als käme sie direkt aus einer Haarspray-Werbung.

„Ich wollte Ihnen nur mitteilen, dass Emma hier ist. Meine Freundin. Sie wissen schon, wegen dem Job als Sängerin."

„Sie?", blaffte ich und zeigte auf die Blondine. Zum ersten Mal, seit ich in mein Büro gekommen war, musterte ich sie. Es fühlte sich nicht wie eine normale Musterung an – all ihre Vorzüge wurden mir bereits auf dem Silbertablett serviert.

War sie hier, um vorzusingen?

Oder wollte sie etwas anderes tun?

Sie trug ein Kleid, das absolut nichts der Fantasie überließ. Vielleicht war das auch der Sinn. Sie war nicht hier, um vorzusingen, sondern um mich anzumachen.

Ich bäumte mich vor ihr auf, verärgert, dass sie in meinem Büro war. Eine Versuchung, für die ich gerade nicht in Stimmung war, besonders nicht mit den Schmerzen, die von meinen Füßen direkt in meine Lenden ausstrahlten.

„Sind Sie gekommen, um einen Ton hervorzubringen, oder wollen Sie nur auf meine Füße starren?"

Ihre Augen wirkten wie festgeklebt an ihnen, was mich unter normalen Umständen nicht störte. Aber heute war es frustrierend, daran zu denken, dass sie vielleicht Gerüchte gehört hatte und die Wahrheit mit eigenen Augen sehen wollte. Ja, sie waren groß. Aus irgendeinem Grund fühlt es sich so an, als würden sie immer länger werden, sich durch den Raum erstrecken und mit einem lauten Knall die Tür zuschlagen.

Nein, das war Gail.

Nicht meine geheime, kranke Fantasie.

„Sind Sie hier, um zu singen oder zu strippen?"

Fuck! Wo kam das denn her? Aber es war die Wahrheit, dachte ich, als sie aufstand und ich bemerkte, dass sie auch mit ihren Händen nicht verdecken konnte, was das Kleid so bereitwillig zeigte. Ich wollte ihr gerade sagen, dass sie und ich wohl nicht zusammenfinden würden, da ich keine Vollzeit-Stripper im Büro brauchte und momentan zu genervt war, um überhaupt jemanden singen zu hören. Gail hätte auch Barbara Streisand in mein Büro bringen und auf den Stuhl plumpsen lassen können, es wäre mir egal gewesen.

Ich wollte die Party des Jahres schmeißen, nicht den Junggesellenabschied des Jahres. Und dieses Mädchen, in diesem Kleid, vermittelte den falschen Eindruck. Sie war eine unglaubliche Versuchung, ihre Nippel waren steinhart und wir waren in einem Raum eingesperrt. Ich war sprachlos. Ihre blauen Augen begannen zu glitzern und es war klar, dass sie sich so viel mehr erhofft hatte von diesem Gespräch. Das würde meinen nächsten Schritt noch ungemütlicher machen. Ich musste sie loswerden – und diese verdammten Schuhe.

Kapitel Sieben
Emma

ALLES GING SCHIEF, bevor es überhaupt begann. Ich war angetörnt, wütend, hungrig und kurz davor, einfach zu gehen. Ich wusste, dass er mich nicht singen hören wollte; das war eindeutig zu erkennen an seiner Frage, ob ich Stripperin wäre.

Unter normalen Umständen hätte mich das beleidigt, aber ich sah immerhin aus wie eine Stripperin, nicht wahr? Das Spitzenkleid hatte kleine transparente Löcher zwischen den einzelnen Spitzenornamenten und erweckte so den Eindruck von Nacktheit. Ja, es war weiß, aber bei meiner hellen Haut sah es einfach nur aus wie ein Stück von meiner Haut. Ich war mehr als gesegnet in der Oberweitenabteilung und es half auch nicht, dass der BH, den ich trug, zwei Größen zu klein war – meine Brüste sahen gigantisch aus in dem Kleid.

Das Gute an meinem Outfit aber war, dass ich wenigstens beim Reinkommen von einem großen Wickelschal verdeckt war. Niemand konnte sehen, wie ich wie eine Nutte bekleidet hier hereinmarschiert war, nur er. Nicht einmal seine Sekretärin.

Ich hatte sämtliches Selbstvertrauen verloren, als ich in das Büro trat, weil ich den Fehler gemacht und mein Telefon überprüft hatte. Da war eine Nachricht von Abe gewesen. Er würde mich besuchen. Er müsste etwas besprechen.

Was?

Ich dachte, wir hätten alles gesagt, was wir hatten sagen müssen. Er sagte mir, dass ich zurück nach Hause kommen müsste, und ich sagte Nein. Was sonst könnte es geben, das er mir nicht auch per SMS sagen könnte?

Ich war eine Zicke, eine kalte, herzlose, gemeine kleine Schlampe ihm gegenüber. Genau so, wie die Mädchen in der Großstadt immer porträtiert wurden. Ich hatte während meiner Zeit hier gelernt, dass es nicht immer nur ein Vorurteil war. Das Sprichwort, dass Stadtmädels Männer bei lebendigem Leib verspeisten, war keine Übertreibung, denn sie kümmerten sich um Niemandes Gefühle, nur um ihre eigenen. Und das war genauso, wie ich mich bei Abe verhalten hatte, nur dass er es einfach nicht verstand.

Als ich über all das nachdachte, traf mich plötzlich die Erkenntnis. Vielleicht war ich schon zu lange in der Stadt. Ich hasste Abe wirklich dafür, dass er unsere Beziehung so sehr gewollt hatte. Er hatte mich dazu genötigt, seit wir in der Mittelschule waren. Vielleicht klang das jetzt alles verrückt, aber damals schien alles so einfach zu sein. Ich sollte in unserem Dorf bleiben, er würde die Farm seines Vaters übernehmen und wir hätten Kinder und ein schönes Leben. Ich hasste mich selbst dafür, dass ich das nicht mehr wollte. Es wurde sogar immer schlimmer, wenn ich mit ihm sprach, weshalb ich vermied, mit ihm zu sprechen, besonders jetzt, da wir so lange nicht mehr miteinander gesprochen hatten. Sechs Wochen, um genau zu sein. Ich dachte, dass mein Schweigen vielleicht ein Wink mit dem Zaunpfahl wäre.

Abes Stimme war so sanft, überhaupt nicht wie die Stimme von Kent James. Kent bellte mich an wie ein Hund, dabei kannte er mich nicht einmal. Ich hasste es, wenn Menschen so mit mir sprachen. Das war etwas, das Abe niemals tun würde. Und als Kent dann auch noch fragte, ob ich zum Strippen gekommen wäre, nun, das ließ mich nur noch schneller Reißaus nehmen wollen.

Bis meine Augen auf den Boden fielen und ich plötzlich wie festgeklebt auf seine Schuhe starrte. Gail hatte wirklich nicht übertrieben, sie waren riesig.

Bedeutete das ...? Ich fühlte, wie mein Gesicht einen neugierigen Ausdruck annahm, und dann wurden meine Ohren rot, während schmutzige Gedanken durch meinen Verstand rasten.

Ich schüttelte den Kopf bei dem Gedanken daran. Manchmal kam Gail von der Arbeit nach Hause und gab mir das Gefühl, sie hätte mehr Zeit damit verbracht, auf seine Schuhe zu starren und an seinen Ruf zu denken, als tatsächlich zu arbeiten.

Und einfach so füllten Tränen meine Augen. Ich wusste nicht, wie ich sie zurückhalten konnte, und der Song, den ich singen wollte, war wie aus meinem Gedächtnis radiert, als plötzlich die Worte meines Lieblingslieds, Vision of Love, meinen Lippen entschlüpften.

Ich fühlte mich, als wäre Mariah Carey mit mir im Zimmer, um meine Hand zu halten, mir das Selbstvertrauen zu geben, den ersten Song zu singen, den ich je von ihr gehört hatte. Der, von dem ich immer wünschte, ihn genauso gut singen zu können wie sie. Ich hatte seither nie aufgehört, zu üben.

„And now I know I've succeeded ...“

Ich hörte nicht auf, traute mich nicht, meine Augen zu öffnen. Ich wollte nicht wissen, was er tat, aber ich wusste zumindest eines: Er bellte keine Befehle mehr. Ich fühlte ihn nicht in meiner Nähe, aber ich fühlte die Wärme der Melodie, wie sie meinen Körper überflutete, und plötzlich hatte ich keine Angst mehr, meine Augen zu öffnen. Wenn überhaupt, dann das komplette Gegenteil, als ich ihn mit verschränkten Armen dasitzen sah auf der Kante seines Schreibtisches. Er beobachtete mich, als hinge sein Leben davon ab.

Ich konnte erkennen, dass er nicht mehr wütend war. Wenn überhaupt, dann schienen sich seine Augen ein Stückweit aufgehellt zu haben, als ich meine Hüften anfing zu schwingen und meine Arme bewegte. Ich übertrieb mit jeder Note und das Echo meiner Stimme in seinem Büro widerhallten zu hören, ließ mich noch einen Song singen wollen. Vielleicht sogar dazu zu strippen, dachte ich mit einem stillen Kichern. Ich hatte noch nie für Geld gesungen. Diese eine Nacht in dem Club, der seine Sängerin verloren hatte, war ein Gig im Tausch für Gratisgetränke. Dies hier war anders, ganz anders.

Ich hatte für meinen Dad an seinem Geburtstag gesungen und manchmal auch vor der Familie während der Weihnachtszeit, aber nie für so viel Geld, wie es mir Kent James anbieten könnte. Das hier würde mich davor bewahren, zurück nach Hause nach Minnesota zu müssen, meine beste Freundin zu verlassen und die Träume, die ich mir gerade erst selbst eingestanden hatte, hinter mir zu lassen. Ich brauchte diesen Job, aber ich wusste auch, dass er mir gerade etwas anderes gegeben hatte, selbst wenn er mir den Job nicht anbot.

Selbstvertrauen.

Der Song endete mit einem dramatischen Finale. *„And it was all that you turned out to be …“*

Ich summte den letzten Teil und wartete auf eine Reaktion, auf irgendetwas von ihm. Mir war glücklicherweise nicht mehr zum Heulen zumute, tatsächlich war ich eher auf Wolke Sieben. Ich hatte Lust auf die Party und darauf, mein neues Selbst zu feiern. Ich hatte etwas in mir gefunden, von dem ich nicht gewusst hatte, dass ich es besaß – und es war mehr als nur eine hübsche Stimme.

Es fühlte sich an, als ob der Raum stillstand, als der letzte Ton durch den Raum schwebte und er immer noch nichts sagte. Alles, was ich hören konnte, war mein Herz, wie es unkontrolliert schlug. Ich wollte, dass er so bewegt war wie ich von diesem Song. Aber er sagte nichts, er blinzelte nicht einmal.

Die dramatische Stille wurde durchbrochen, als er endlich flüsterte: „Danke Ihnen. Ich werde mich melden.“

Es wirkte, als wäre er seelenruhig, als er sich von seinem Tisch erhob und gemütlich in seinen Stuhl sank. Es war, als würde er mich abweisen, und die Tränen, die ich vorher noch einigermaßen kontrollieren konnte, begannen aus meinen Augenwinkeln zu strömen. Ich griff nach meiner Tasche, hob den Schal hoch und verhüllte meinen Körper, bevor ich aus seinem Büro stürmte.

Ich musste zurück nach Hause, ob ich nun wollte oder nicht.

Ich hätte es besser wissen müssen.

Ich hätte ahnen müssen, dass solche wie er nicht nett zu solchen wie mir waren.

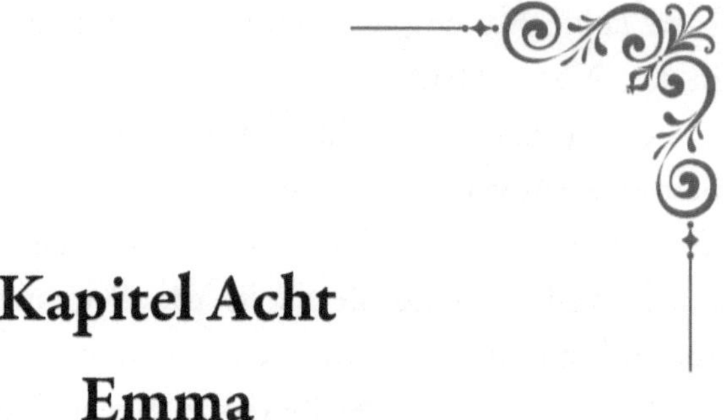

Kapitel Acht
Emma

GAIL SAGTE KEIN WORT, als ich an ihrem Schreibtisch ankam, Tränen rannen meine Wangen hinab. Sie hatte nicht einmal den üblichen Tonfall drauf, wenn ich Ermutigung brauchte. Stattdessen schloss sie sich meiner Heulsession an, sobald wir die Fahrstühle erreichten, und unser Heulen eskalierte, als sie ein Taxi anhielt und wir uns hineinsetzten. Die Fahrt im Taxi verbrachten wir in kompletter Stille – mit Ausnahme der Schluchzer, die über unsere Lippen kamen, während wir uns aneinanderklammerten.

Ich fühlte mich wie ein wandelndes Desaster. Ich dachte darüber nach, ob er mich auch weggeschickt hätte wie eine billige Aushilfe, wenn ich selbstbewusster aufgetreten wäre. Oder ob ich ihm hätte sagen sollen, dass er dumm wäre, wenn er mich nicht einstellte. So wie Jennifer Hudson in Dream Girls; sie hatte die Stimme *und* das Selbstbewusstsein. Warum konnte ich nicht so sein? Einfach mal für mich selbst einstehen, anstatt wie ein Baby in die Großstadt zu fliehen und auf dem Sofa zu schlafen wie eine Frau ohne richtiges Zuhause.

Andererseits ... Ich hatte ein Bett und ein eigenes Zimmer zu Hause, ich entschied mich nur bewusst, nicht dorthin zurückzugehen.

Ich hätte mich auch nicht eingestellt, dachte ich mit einem abwertenden Seufzen, als das Taxi anhielt. Ich sah aus wie eine Nutte und sang wie ein Popstar. Nichts passte zusammen und, wie man mir ab dem ersten Tag in der Stadt erklärt hatte, der Ruf war hier alles. Ich hatte keine Ahnung, was ich mir vorgestellt hatte, als ich diesen Song in dem Nuttenkleid sang.

Gail bezahlte den Taxifahrer und wieder einmal fühlte ich mich bemitleidenswert, als wir zum Eingang unseres Gebäudes gingen. Den Taxifahrer zu bezahlen war etwas, das Gail ständig tat, aber mittlerweile musste sie doch die Schnauze voll davon hab. Ich zumindest hatte die Schnauze voll von mir.

Ich war gerade dabei, ihr das zu sagen, als die einzige Person, die ich nicht erwartet hatte zu sehen, auf unser Gebäude zu schlenderte. Ich war mir sicher, dass mir meine Augen einen Streich spielen mussten.

„Nana", heulte ich, als ich bemerkte, dass sie es wirklich war. Nur meine Großmutter würde einen Strohhut mit einem Bleistiftrock und viel zu hohen High Heels kombinieren. Nana war die bestgekleidete Person in Minnesota und wollte nicht, dass irgendjemand wusste, dass sie eigentlich auf einer Farm aufgewachsen war. Sie versuchte immer so auszusehen, als wäre sie in der Stadt groß geworden, nicht wie jemand, der noch nie einen Fuß außerhalb seines Geburtsorts gesetzt hatte.

Ihre Worte, nicht meine.

„Emma, mein Baby, endlich kleidest du dich wie eine Dame. Gail hat es wirklich geschafft, dich zu bekehren!"

Sie lachte laut, als sie mich in ihre Arme zog.

Sie umarmte mich fest, aber ich umarmte sie noch doller. Gail war toll und die beste Freundin, die man sich je wünschen könnte. Zum Glück hatte sie mich nie satt. Aber gerade jetzt wollte ich einfach nur noch nach Hause.

„Nana, ich bin so froh, dass du hier bist. Ich muss zurück nach Hause."

Sie schüttelte ihren Kopf. „Nein. Du musst hierbleiben."

Gail und ich tauschten einen kurzen Blick aus, als ob wir beide dasselbe zur gleichen Zeit dachten. Es war völlig klar, dass das keine Option war. Ich war nun sechs Monate hier und sicher, ich hatte zwar keine Karriere zu Hause in Minnesota, aber von einer Schlafcouch geworfen zu werden stand nicht gerade auf meiner Liste der schönsten Erinnerungen.

„Schau, wir können diese Unterhaltung nicht einfach hier draußen führen. Lasst uns reingehen, damit du mir mehr von deinen Klamotten zeigen kannst. Vielleicht kann ich welche ausleihen, wenn wir ausgehen."

Ich hätte nicht so überrascht sein sollen von ihren glitzernden Augen oder den schockierenden Worten, die aus ihrem Mund kamen. Sie war immerhin fünfundsechzig und hatte den Körper einer Achtzehnjährigen. Zumindest behauptete sie das seit Jahren.

Kapitel Neun
Kent

ICH SEUFZTE, ALS ICH Feierabend machte und aus dem Büro trat. Ich hatte die letzten drei Stunden singenden Frauen und Männern zugehört, die nicht einmal ansatzweise die gleiche Stimmqualität hatten wie Gails Freundin. Das Problem war nur, dass ich sie nicht einstellen konnte. Sie war zu unschuldig, sie hatte geweint und Reißaus aus meinem Büro genommen wie ein Kind, als ich sie bat, zu gehen. Die Wahrheit war, dass sie sogar geheult hatte, bevor sie überhaupt anfing zu singen. Und weil ich ein Arschloch war, war das Einzige, an das ich denken konnte, die weißen Stofffetzen, die ihr Kleid waren, von ihrem Körper zu reißen und ihr eine Kostprobe von mir selbst auf meinem Schreibtisch zu geben.

Und dann traf mich die Erkenntnis. Ich musste gar nicht mit ihr zusammenarbeiten. Ich musste nur sicherstellen, dass sie zum Veranstaltungsort kam und dort sang. Die Erkenntnis zauberte ein Lächeln auf mein Gesicht, bis ich in die Limo stieg.

Ich hatte nicht erwartet, in die Limo nach Hause zu steigen und meine Schwester auf der Rückbank zu sehen. Mein Lächeln erstarb.

Wann ist sie hier angekommen?

Warum ist sie hier?

Dann wiederum kannte ich den Grund für Letzteres ziemlich gut, was mich nur noch mehr nervte.

„Mein Bruder ...", schnurrte sie, als ich mich hinsetzte und Steven die Tür hinter mir zuwarf. Er war ein neuer Fahrer. Derjenige, der einsprang, wenn Dot einmal einen freien Abend oder ein Problem mit ihrer Familie hatte, was nicht oft vorkam. Jedenfalls arbeitete er erst seit zwei Wochen für mich und er ging mir schon jetzt auf den Sack. Dot hätte mir eine Nachricht geschickt, dass Caroline in der Limo saß. Er nicht. Jedes Mal, wenn er etwas falsch machte, sagte er: ‚Ich hab nicht nachgedacht'. Was genau der Grund war, warum ich ihn loswerden musste.

Warum habe ich keinen Fahrer, der mitdenken kann?

„Ich hasse es, wenn du mich so nennst. Ich habe einen Namen", knurrte ich und sah aus dem Fenster. Ich weigerte mich, sie überhaupt anzusehen, so genervt war ich von ihr.

„Natürlich, aber jeder nennt dich so und, wie du weißt, bist du immer noch mein kleiner Bruder, auch wenn du lieber ein großer Mann mit großen Schuhen wärst."

Ich seufzte und dachte darüber nach, dass ich wirklich nicht an meine Vergangenheit erinnert werden wollte.

„Was machst du hier, Caroline?"

Eine Sache, die ich ganz sicher wusste, war, dass ich Smalltalk hasste.

Sie lehnte sich an mich und küsste mich auf die Wange. Sie roch wie eine Mischung aus Alkohol, Zigaretten und Schweiß. Keine gute Kombination für irgendwen, vor allem nicht für meine große Schwester. Sie sah perfekt aus mit ihren dunklen, glitzernden Augen und dem passenden dunklen Haar, das sie hochgebunden hatte. Sie hatte immer diese Art, alles in perfekter Form zu halten, selbst wenn es hart auf hart kam. Sie lebte die einzige Regel, die Dad uns indoktriniert hatte, seit wir beide laufen konnten. ‚Auftreten ist alles. Lass niemals jemanden sehen, was du denkst.'

Ja, unser Vater war eiskalt. Sogar an dem Tag, als er uns das gelehrt hatte, litt er an Krebs, aber er vergoss nie eine Träne und wir hatten Angst, es zu tun, weil wir nicht ausgeschimpft werden wollten.

„Hörst du mir überhaupt noch zu?", fragte Caroline und unterbrach damit meine Gedanken an Dad. Ich fragte mich, ob ich meine Mutter anrufen sollte. Es war schon eine Woche her, seit ich sie das letzte Mal gesehen oder mit ihr gesprochen hatte. Ich war mit Arbeit beschäftigt gewesen, mit diesem Deal, denn das war deutlich einfacher zu handhaben, als mit meiner Mutter Kontakt aufzunehmen.

„Japp", murmelte ich, als Steven in Richtung zu Hause losfuhr. Nicht zu meinem Penthouse, sondern zum Haus meiner Eltern. Als ob dieser Tag nicht noch schlimmer werden könnte. Ich wollte, dass der Tag zu Ende war. Ich war fertig mit ihm. Aus irgendeinem Grund fühlte ich mich geschafft, etwas, das ich sonst eher selten fühlte. Aber Emma beim Singen zuzuhören, hatte mir jedes bisschen Energie geraubt.

„Wir müssen beide mit Mom sprechen."

„Caroline, ich werde Mom besuchen, wann immer ich will und bereit dazu bin. Wir sind keine zehn mehr, verdammt. Du kannst mich nicht einfach überrennen und mir sagen, was ich zu tun habe. Verpiss dich. Ich hatte einen beschissenen Tag."

Ich ließ meine Emotionen Überhand gewinnen und das war unsensibel. Ich wusste, warum sie so schlecht roch und so gut aussah. Sie wollte niemanden wissen lassen, was wirklich in ihr vorging, und ich war verdammt noch mal nicht bereit, mich damit auseinanderzusetzen.

Und sie würde mich nicht dazu bringen.

„Ich bin noch nicht bereit, mich mit Familienproblemen auseinanderzusetzen", blaffte ich, sobald ich mich etwas beruhigt hatte und einen tiefen Atemzug genommen hatte. Ich musste meine Gefühle unter Kontrolle halten.

Sie lachte. „Wann hast du dich jemals mit Familienproblemen auseinandergesetzt? Außer damit, sie unter den Teppich zu kehren. So zu tun, als wäre nichts passiert, ist genau dein Ding. Mein Gott, du kommst wirklich nach ihm. Scheiße, als wir jünger waren, dachte ich immer, dass du nur so tust, um es ihm rechtzumachen. Wir haben ihn vor zwei Jahren begraben und du bist immer noch derselbe, benimmst dich immer noch wie das Arschloch, das er war ...“

Sie raubte mir den letzten Nerv. „Okay, wenn ich also so ein Penner bin ...“

„Arschloch!“, korrigierte sie mich.

Ich hasste es schon an guten Tagen, wenn sie mich so respektlos behandelte, und heute machte es mich nur noch wütender.

„Steven, dreh die verdammte Limo um und bring mich nach Hause. Zu meinem verdammten Penthouse, nicht zum Haus meiner Eltern oder wo auch immer sie dir mitgeteilt hat, hinzufahren.“

Zumindest war es nicht ihr Haus. Sie hatte früher mal ihr eigenes Zuhause gehabt, aber sie war zu oft pleite gewesen und zurück nach Hause gezogen. Ihr Treuhandgeld wurde ihr nicht in einem Batzen ausgezahlt, sondern in monatlichen Raten wie eine Art Einkommen, und sie verpulverte es, als wäre es nichts. Anders als Caroline zog ich in mein Penthouse, sobald ich mit der Uni durch war, und fuhr nie wieder zum Familienhaus außer für Feste oder Zeremonien. Die hatte Dad das ein oder andere Mal abgehalten. Mom wusste es besser, als mich darum zu bitten, sie zu besuchen. Ich mied das Familienhaus wie die Pest, vor allem seit Dad nicht mehr war.

Wir waren eine zerrüttete Familie und die Universität war für mich eine verdammte Erlösung; es bedeutete, dass ich gehen konnte und nie wieder zurückblicken musste.

„Kent, warum bist du so ein Arschloch? Was ist mit meinem kleinen Bruder passiert? Der, der mir immer überallhin gefolgt ist und sich wie mein bester Freund aufgeführt hat? Nicht wie mein verdammter Feind.“

Sie gab mir keine Chance zu antworten und brüllte in die Gegensprechanlage: „Steven, halte an. Ich muss hier raus."

Ich war drauf und dran, sie aufzuhalten, aber bevor ich mich versah, hielt Steven schon die Limo an und sie schoss aus der Tür, sobald wir nicht mehr rollten. „Ich möchte meinen kleinen Bruder zurückhaben. Nicht diesen Trottel, der in seinen großen Schuhen herumstolziert."

Klar, sie kannte mein Geheimnis. Ich hätte mich mehr anstrengen müssen, sie aufzuhalten, aber ich wusste, dass wir, wenn ich es täte, nur weiter zum Familienhaus fahren würden. Und das war der letzte Ort, an dem ich gerade sein wollte. Caroline war etwas zu emotional, was bedeutete, dass auf mich ein riesiges Familiendrama wartete.

Was mich wiederum zu genau dem verleitete, von dem sie behauptete, dass ich gut darin wäre: es unter den Teppich zu kehren.

Kapitel Zehn
Emma

„HEUTE GEHEN WIR AUS und feiern", verkündete Nana, nachdem ich ihr eine kurze Tour durch das Apartment gegeben hatte. Es gab nicht viel, was ich ihr hätte zeigen können. Sobald man reinkam, war man in meinem Zimmer, auch bekannt als Wohnzimmer, und es gab eine kleine offene Küche, die wir eigentlich nur nutzten, um unser Lieferessen aufzuwärmen oder um Popcorn zu machen, wenn wir hier abhingen. Immer wenn ich kein Geld ausgeben wollte, blieben wir hier und schauten irgendetwas auf Netflix. Das wäre mein Plan für jeden einzelnen Abend gewesen, aber Gail bestand oft darauf, etwas zu unternehmen, selbst wenn es nur ein Spaziergang durch den Central Park war. Und zugegebenermaßen gefiel es mir auch, ein wenig frische Luft zu bekommen und meine Beine zu bewegen.

„Es gibt nichts zu feiern, Nana. Ich habe den Job nicht bekommen. Außerdem kommt Abe in ein paar Tagen, also muss ich noch packen ..."

Nana hielt ihre Hand hoch, um meiner Rede Einhalt zu gebieten. Sie bezichtigte mich die ganze Zeit des Herumfaselns, was ich aber gerade tatsächlich gar nicht tat. Ich lieferte nur die ganz offensichtlichen Fakten. Meine Zeit in der Stadt kam zu einem dramatischen Ende; es wurde mir jeden Tag mehr und mehr bewusst, dass ich nach Hause musste.

Sie richtete ihr pinkes Bleistiftkleid. „Nein, du gehst zurück zu diesem Milliardär, gleich Montagmorgen, und verlangst diesen Job.

Also feiern wir heute Abend den Job, den du schon bald haben wirst. Leider geht es Opa nicht so gut und ich muss zurück zu ihm, daher kann ich nur bis zum Wochenende bleiben."

Ich wollte sie gerade fragen, was mit Opa los war und warum sie hier war, wenn sie doch wusste, dass es ihm schlecht ging – und warum sie ausgehen wollte!? Und warum nichts von dem, was sie sagte, gerade Sinn ergab! –, aber ich hatte keine Möglichkeit, die Situation aufzuklären, da sie mich direkt in das Bad schob.

„Wasch dir dein Gesicht. Wir machen dein Make-up mal richtig, damit du bereit bist zu feiern."

Gail lächelte. „Damit kann ich mich abfinden!"

Oh, natürlich. Vor ein paar Minuten hielten wir noch Händchen und heulten wie Schlosshunde, die ihren Lieblingsknochen verloren hatten.

„Okay", sagte ich achselzuckend. Ich wusste, wann ich in die Ecke gedrängt wurde, und ich hatte keine Kontrolle mehr über die Situation. Es gab keinen Ausweg, die Macht war gegen mich – einmal in Form von Nana, einmal Gail. Zwei Partygirls, die das Feiern liebten und jetzt auf einer Mission waren, mich zur ‚Vernunft' zu bringen.

Weil sich gemeinsam betrinken und alles zu vergessen ja alles besser machen würde. Klar.

Mein Telefon klingelte und ich lief los, um es zu holen. Aus irgendeinem Grund aber war Nana schneller, nahm es hoch und schaltete es aus.

„Warum hast du das getan?", fragte ich anklagend, als ich neben ihr zum Stehen kam.

„Weil ich weiß, wer es war. Abe. Du verdienst heute nur angenehme Dinge und ich werde sicherstellen, dass du genau die bekommst."

„Ganz genau", stimmte Gail zu.

Was bedeutete, dass sie wusste, was Sache war. Es ergab keinen Sinn für mich. Nana ließ Opa zu Hause, um hierherzukommen, und jetzt hielt sie mich davon ab, mit Abe zu sprechen. Sie hatte irgendetwas im Sinn, und zwar nicht nur, mich zum Feiern zu überreden.

Sie lächelte mich an und umfasste mein Gesicht, ein Gefühl, das mich direkt wieder in meine Kindheit katapultierte. „Liebes, lass uns gehen und unsere Sorgen für heute hinter uns lassen, ja? Das ist es, was ich tun will. Das ist der Grund, warum wir heute Abend feiern gehen. Das ist wichtig für mich."

Warum?

Sie schüttelte den Kopf, als hätte sie meine Gedanken gelesen. „Vertrau mir einfach."

Dann küsste sie meine Wange. Ein Kuss, der bedeutete: Halt den Mund und tue, was ich dir sage. Und das hatte ich vor zu tun. Die Fragen, die in meinem Kopf auftauchten, waren die Mühe nicht wert. Ein paar Drinks zu viel war genau das, was ich brauchte, und scheiß auf den Kater am nächsten Tag!

„Dann lasst uns Party machen", rief ich aus.

Gail drückte mir einen Kurzen Tequila in die Hand. Ich wusste nicht, wo der herkam, aber es gab genau eine Sache, ohne die Nana nicht feiern konnte, und das war Tequila. Dumme Frage also. Eine weitere dumme Frage huschte in meinen Hinterkopf, als ich darüber nachdachte, Kent wiederzusehen und den Job zu verlangen. Würde das klappen? Auch wenn ich keine Hoffnungen hatte, ihn wirklich zu bekommen, egal was Nana und Gail meinten.

Kapitel Elf
Kent

„FUCK! MEINE FÜSSE TUN mir nicht einmal mehr weh. Muss an all diesen Whisky-Kurzen liegen", lallte ich, als ich einen weiteren Kurzen kippte und meinen Kopf in den Nacken warf. Ich war so aufgebracht gewesen, dass ich Jeff angerufen hatte, um zu fragen, was er machte. In der Sekunde, in der er mir erzählte, dass er in einem Club war, löste ich meinen Krawattenknoten und war auf dem Weg. Das war vor vierzig Minuten gewesen und ich bereute meine Entscheidung in der Sekunde, in der ich eintrat.

„Mach langsam, Mann. Wenn du so weitermachst, werde ich dich nach Hause tragen müssen und die Einzige, die ich heute nach Hause tragen will, ist das Mäuschen da links oder da oben rechts."

Typisch. Jeff hatte diese Art, Frauen wie Tiere zu bezeichnen, und trotzdem umschwirrten sie ihn wie die Motten das Licht.

„Würde ich ja, wenn ich nicht so einen beschissenen Tag gehabt hätte."

Er schlug mir auf den Rücken.

„Du durftest einer heißen Braut beim Singen zuhören. Wie kann das ein schlechter Tag sein?"

Ich konnte nicht einmal antworten, weil technisch betrachtet war das tatsächlich kein Problem. Ich hatte außerdem vermieden, herauszufinden, was genau zu Hause los war. Und ich hatte beschlossen, Emma anzustellen, also war das auch nicht problematisch.

Alles, was sie tun musste, war, auf der Party zu singen. Ich würde eine Liste aller Lieder aufschreiben, die sie singen sollte, und Gail könnte sie ihr geben. So würde ich sie nicht noch einmal sehen müssen. Wenn ich das schaffte, wäre ich in der Lage, meine Finger von dieser süßen, unschuldigen kleinen Sexbombe zu lassen.

Warum bekam ich sie also nicht aus meinem Kopf? Ich hatte sie nur einmal getroffen und ihre Unschuld erinnerte mich daran, wie ich selbst einmal war. Ich hasste das. Der Typ, der sich um alles kümmerte und viel zu sensibel bei jedem Scheiß war. Nein, ich musste diese trostlose und traurige Vergangenheit so weit wie möglich hinter mir lassen. Ich liebte mein jetziges Leben. Es war perfekt.

Dann wiederum fragte ich mich, warum ich meine Sorgen mit einer Frau ertränkte, die sich hinter mir an meinem Rücken rieb, als wäre sie meine Katze, während sie in mein Ohr schnurrte.

„Weil morgen ein weiterer Tag ist und ich mich meinen Problemen stellen muss. Heute konnte ich vielleicht entkommen, aber morgen muss ich mich damit herumschlagen."

Er nickte, als würde er verstehen. Ich war mir sicher, er tat es nicht. Jeff hatte immer nur eines im Kopf, und das war die Hoffnung, dass seine Uni-Tage nie endeten. Sein Vater hatte darauf bestanden, dass er zur Uni ging, sonst hätte er ihm der Geldhahn zugedreht. Das war auch Jeffs einzige Motivation gewesen, an der Uni zu bleiben und den Abschluss zu schaffen. Seither lebte er von seinem Treuhandfond und schmiss Partys. Sein Vater hatte ihn nie darum gebeten, das Familiengeschäft fortzuführen. Er hatte irgendwie die fehlgeleitete Illusion, dass Jeff nach seiner Uni-Zeit etwas mehr mit seinem Leben anfangen wollen würde außer zu feiern. Ich kannte Jeff seit unseren ersten Tagen an der Uni – und es war unmöglich, dass er für irgendetwas jemals das Feiern aufgeben würde. Sein Motto war, dass das Leben viel zu kurz war, und er hatte sich vorgenommen, jede Minute davon zu genießen. Das wiederum beinhaltete zu viel Rauchen, harte Drohen, Feiern und, vor allem, jede Nacht eine andere Frau zu ficken.

„Du solltest dir ein Beispiel an mir nehmen und einfach mal lockerlassen."

Ich schüttelte den Kopf. „Hab ich schon und das hat mich fast meinen Fuß gekostet."

Er lachte. „Und es hat dir geholfen, deine Jungfräulichkeit zu verlieren, die du so dringend loswerden wolltest."

Die Frau neben mir, mit der ich schon die ganze Zeit Augenkontakt mied, rubbelte fast die Beschichtung von meiner Jeans, so sehr versuchte sie meine Aufmerksamkeit zu erregen.

Schon mal was von Unterhaltung gehört?

Ein bisschen Flirten, mich wissen lassen, dass sie interessiert ist?

Hatte die Technologie uns die Möglichkeit genommen, vernünftig in ganzen Sätzen miteinander zu kommunizieren, dass sogar ein einfaches ‚Hallo' zu viel verlangt war? Keiner redete mehr, man fickte nur noch und lud es dann in den sozialen Netzwerken hoch.

Scheiße, vielleicht hatte Jeff recht. Ich war so angespannt, dass ich meine ganze Hose vibrieren fühlte, als mein Telefon klingelte. Ich wusste, dass es entweder Caroline war oder, schlimmer noch, Mom.

„Hey", sagte ich, als ich nach links schaute, um herauszufinden, wer diese Muschi war, die sich an mir rieb …

„Gail", seufzte ich, als meine Aufregung mich für eine Sekunde aufblühen ließ, bevor die Maske wieder bröckelte.

Bis ich sah, dass Emma neben Gail stand.

Die Sängerin.

Die mit der Stimme.

Und den Augen.

Und den unglaublichen Brüsten.

Die, die ich vorhatte, zu meiden.

Ich schluckte den plötzlichen Kloß in meinem Hals runter, als unsere Augen sich im Schatten des Clubs trafen. Sie lächelte aufreizend und meine Hose wurde vibrierte auf einmal aus ganz anderen Gründen.

Fuck. Wie Jeff immer sagte: *Das Leben ist zu kurz.*

Mein Schwanz befiel mir, Emma zur Seite zu ziehen, und ich hatte genau das vor: Emma von Gail wegzubekommen. Diejenige, die für mich arbeitete und bei der ich mich daran erinnern musste, dass man Geschäftliches und Privates trennen sollte.

Aber Emma ... Emma war nur eine Frau, die eine Nacht auf einer Party für mich singen würde. Genaugenommen war sie nicht einmal meine Angestellte, sondern nur für einen einmaligen Gig angeheuert.

Und wenn ich meine Karten richtig spielte, wäre sie diejenige, die mir heute Abend Gesellschaft leistete. Die, nach deren Lippen ich mich den ganzen Tag über schon verzehrt hatte. Ihre Gesellschaft wäre das perfekte Ende für einen ganz schön beschissenen Tag.

Kapitel Zwölf

Emma

ER BEWEGTE SICH VON Gail weg und kam zu mir. Er lächelte und ich war angepisst. Vor wenigen Stunden noch hatte er mich so unbedeutend fühlen lassen, als wäre ich nichts für ihn, und jetzt lächelte er mich an, als wären wir die besten Freunde.

Nun, nein, nicht ganz. Es war klar, dass er Sex im Kopf hatte, das ließ sich eindeutig anhand der Intensität seiner Blicke erkennen. Ich versuchte, stark zu bleiben, denn der Mann war heiß und strahlte eine natürliche Selbstkontrolle aus, die ich irgendwie anziehend fand. Ich hatte zugeschaut, wie Gail um ihn herumgetänzelt war, und mir gewünscht, ich hätte dasselbe Selbstbewusstsein. Ich musste meine Schenkel und Finger zusammenpressen, sogar meine Zunge, wenn das überhaupt ging, um mich von ihm fernzuhalten. Ich musste stark sein, aber dann passierte das Unvermeidliche und ich bewegte mich unbehaglich von einem Fuß auf den anderen, als er auf mich zu kam. Ich trampelte versehentlich auf seine Zehen und meine Gedanken verloren sich wieder einmal. Was für verdammt große Schuhe.

„Möchtest du vielleicht raus und reden?"

Ich schaute ungläubig zu ihm auf. Ich fühlte, wie seine Hand meinen unteren Rücken berührte, und wusste, dass er nicht reden wollte. Er wollte etwas ganz anderes. Wenn ich auch nur ein Fünkchen Verstand gehabt hätte, hätte ich ihn abweisen und sagen sollen, dass er ein Idiot war und sich von mir fernhalten sollte, aber stattdessen sah ich in seine Augen und war verloren. Ich hätte ihn genau so behandeln sollen, wie er es in seinem Büro getan hatte. Aber dann fielen meine Augen auf seine Lippen.

Er hatte mich unglaublich unbedeutend fühlen lassen. Wie ein Niemand.

Er hatte mich zum Heulen gebracht, und doch fand ich mich selbst wieder, wie ich genau das tat, was mich immer in Schwierigkeiten brachte. Als ich zurück nach oben in diese Augen blickte, voller Verlangen, so hungrig auf mich, konnte ich einfach nicht Nein sagen und stammelte: „Ja, bitte."

Bevor ich meine Worte zurücknehmen konnte, nahm er meine Hand in seine und als mein Kopf herumschnellte, um zu Nana zu schauen – in der Hoffnung, sie würde mich wieder zur Vernunft bringen –, sah ich nur, wie sie mir zuzwinkerte und den Daumen hochstreckte.

Wie hatte ich diese Situation so aus dem Ruder laufen lassen können?

Auf meinen Verstand war nicht länger Verlass. Eher das komplette Gegenteil; ich hasste mich selbst dafür, dass ich so schwach war. Ich würde ihn abservieren, sobald wir nach draußen kämen. Ich würde meine Rache genießen, genau das würde ich tun. Zumindest war das mein Plan, als er mich durch die Seitentür schob und sie hinter uns zuwarf. Ich wählte meine Worte, als er sich gegen die Mauer lehnte.

Du bist ein Arsch.

Selbstsüchtig.

Rücksichtslos.

All diese Worte strömten durch meine Gedanken und ich wollte sie auch wirklich sagen, aber dann zog er mich in seine Arme und ich fühlte, wie hart seine Brust gegen meine gepresst war. Ich wollte etwas sagen, aber meine Lippen waren wie festgefroren, bis sie seine berührten. Er küsste mich mit einer Leidenschaft, dass ich vergaß, dass wir uns nicht in einer romantischen Umgebung, sondern mitten auf der Straße vor dem Club befanden.

Verdammt seiet ihr, Cinderella, Schneewittchen und vor allem Rapunzel, dass ihr Frauen wie mich an Märchen glauben lasst.

Er hatte mich wie Dreck behandelt und ich musste mir das in Erinnerung rufen, nicht seine sündhaft weichen Lippen. Oder die Art, wie seine Zunge nach Whiskey schmeckte, als sie in meinen Mund eindrang und jeden Winkel erkundete. In einem klaren Moment zog ich mich plötzlich von ihm zurück. Ich wäre fast gestolpert, als ich langsam, aber sicher, zurück zu meinen Sinnen kam. Er zog mich an sich, als würde ich nicht mehr als eine Feder wiegen, und verhinderte so, dass ich auf den Boden strauchelte.

Er schwang mich auf die Beine und presste erneut seine Lippen auf meine. Ich wusste nicht, wer uns zusah, als ich meine Arme um seinen Hals warf und mich an ihm festhielt, während ich mich an ihn drückte und er mit seiner freien Hand an meiner Taille entlangstrich. Dann glitten seine Hände zu meinem Arsch, den er langsam, aber sanft liebkoste und mich so wie die begehrenswerteste Frau der Welt fühlen ließ.

Ich stöhnte halb vor Lust und halb vor Protest, als er mich näher in seine Umarmung zog.

Er hielt mich fest und hob mich an, sodass unsere Münder fast auf gleicher Höhe waren. Ich festigte meinen Griff um seinen Hals und schlug die Beine um seine Hüfte, damit meine Finger durch seine dunklen Haare fahren konnten. Ich hätte mir Sorgen darüber machen sollen, dass mein Arsch für alle sichtbar wurde, als er mein Kleid hochschob, aber es war mir egal.

Kent knurrte. „Wir müssen zu mir nach Hause. Ich muss dich auf jede erdenkliche Art haben."

Ich wusste nicht genau, was er meinte, aber ich wusste immerhin eines: Ich würde nicht enttäuscht werden. Das unschuldige Mädchen in mir wollte den Sprung wagen und in eine Welt voller Möglichkeiten eintauchen in dem Moment, als er mich runterließ und zur Straße führte, um ein Taxi anzuhalten.

Als seine Worte in meinem Kopf widerhallten, machte ich einen Schritt auf ihn zu und betrachtete die Größe seiner Schuhe noch einmal. Ich wusste von dem Moment an, als Nana eine erinnerungswürdige Nacht versprach, dass ich diese nicht mehr vergessen würde. Es mochte vielleicht die dümmste Entscheidung gewesen sein, die ich je getroffen hatte, aber ich würde zumindest erfahren, wie Sex wirklich war. Denn vor diesem Abend war alles, was ich erlebt hatte, ein Mann, der auf mir lag und behauptete, in mir zu sein.

Kapitel Dreizehn
Emma

„WAS FÜR EIN VERDAMMT langer Tag. Vielleicht sollten wir uns erst saubermachen", knurrte er in dem Moment, als wir das Taxi verließen und in den Fahrstuhl zu seinem Penthouse stiegen. Der Tequila, den ich bei Gail getrunken hatte, ließ langsam seine Wirkung verklingen und ich begann schnell nüchtern zu werden – vor allem in dem Moment, als ich ihm in sein Schlafzimmer folgte. Was meinte er damit?

Dass er seine Zunge in meine Unterwäsche schlängeln wollte, um mich sauber zu lecken? Oder dass ich ihn ‚sauber' machen sollte? Ich merkte aber schnell, was genau er gemeint hatte, als er mich in sein Bad zog.

„Ich glaube nicht, dass das eine gute Idee ist", meinte ich, als ich bemerkte, dass er gemeinsam duschen gehen wollte. Ich war noch nie im Hellen vor einem Mann vollständig nackt gewesen.

„Ich möchte alles von dir sehen. Hast du noch nie mit einem Mann zusammen geduscht?"

„Nein", flüsterte ich und fühlte mich dumm, etwas zugeben zu müssen, das für ihn anscheinend so natürlich war.

„Ich werde vorsichtig sein."

Ich lächelte bei seinem Versprechen und nickte mit dem Kopf, als er begann, meine Klamotten langsam auszuziehen. Bevor ich mich versah, war mein Kleid schon ausgezogen und ich stand komplett nackt vor ihm. Ich wollte mich selbst bedecken, aber irgendetwas sagte mir, dass ich den Kopf erhoben lassen sollte, während Kent James mich musterte. Ich entspannte mich, als er begann, meinen Körper zu streicheln, aber war immer noch wie eingefroren, während ich jede seiner Reaktionen prüfte und mich fragte, ob er mich bewunderte oder vielleicht die vielen Makel an mir kritisierte, von denen ich sicher war, dass ich sie hatte.

Ich fühlte mich wie ein verlorenes Kind, als er sich von mir abwendete und das Wasser anstellte. Ich befand mich ihm nun komplett ausgeliefert. Es half auch nicht, dass ich so nervös war wie noch nie. Ich befeuchtete meine trockenen Lippen und setzte zum Sprechen an.

„Geh ruhig schon rein. Ich bin gleich da, ich muss nur schnell mein Kleid ins Schlafzimmer bringen." Es war eine Verzögerungstaktik und wir beide wussten das.

Ich konnte es an der Art erkennen, wie sich seine Brauen zusammenzogen, bevor sich sein Gesicht wieder entspannte. Er streichelte sanft meine Wange und lächelte. „Du bist für ein Abenteuer hierhergekommen, Emma. Ich plane immer noch, dir eines zu bieten, aber ich werde dich nicht zwingen."

Ich nickte und dachte, dass ich sehr wohl für ein Abenteuer hergekommen war, aber nicht nur hier in seinem Bad. Ich war aus Minnesota geflohen, vor meiner Vergangenheit, und ich wollte das Leben jetzt an den Hörnern packen. Bis jetzt, so merkte ich, war ich zu ängstlich gewesen, um das zu tun. In der Sekunde, in der ich mich entschlossen hatte, mit ihm nach draußen zu gehen, wusste ich genau, was passieren würde. Und jetzt war es so weit. Ich war in seinem Penthouse und bereit, auf Arten gefickt zu werden, die kein anderer Mann, mit dem ich je zusammen wäre, so tun könnte.

Jetzt fühlte ich mich nicht nur schmutzig, ich benahm mich auch so. Ich lächelte ein Lächeln, von dem ich nicht einmal wusste, dass ich es draufhatte, und stieg in die Dusche. „Du hast recht, Kent James.

Warum kommst du nicht her und zeigst mir, was du mir versprochen hast?"

Ich schloss meine Augen und wartete. Das Nächste, was ich wusste, war, dass ich herumgedreht wurde. Er kippte uns so, dass unsere Körper direkt unter dem Strahl des heißen Wassers standen, und er küsste mich wieder und wieder, diesmal mit noch mehr Verlangen, während seine Hände meine Schultern umfassten. Seine Zunge drang in meinen Mund vor und alles, was ich tun konnte, war, mich an ihn zu pressen und mich von ihm gegen seinen Körper an die Wand heben zu lassen. Ich versank in dem Kuss, nicht länger ängstlich, nur nüchtern und begierig auf das, was er mir geben wollte.

Er entfernte sich ein Stück von mir und ich stellte mich näher in den Wasserstrahl. Dann hörte ich das Geräusch einer sich öffnenden Flasche und fühlte etwas über meine Haut fließen. Sanft begann er, mich zu waschen, und ich ließ ihn neugierig gewähren. Er nahm sich Zeit, während er sich meinen Arm hinabarbeitete und dann den anderen wieder hoch. Jedes Mal schrubbte er gründlich mit kleinen, kreisenden Bewegungen. Es fühlte sich angenehm reinigend an, seine Bewegungen, die Seife und das Wasser.

Ich liebte die Art, wie er jeden Teil von mir mit sanften Streicheleinheiten liebkoste und dabei sicherstellte, kein Körperteil zu vernachlässigen. Kent richtete seine Aufmerksamkeit auf meine Brust und mein Körper verzehrte sich danach, von ihm genau dort gewaschen zu werden. Ich hörte, wie sich die Flasche erneut schloss, und öffnete meine Augen, um zuzusehen, wie er gemächlich anfing, meine Brüste zu massieren.

Ich fühlte, wie er mit seiner Hand die Fülle meiner Brust sanft anhob, bevor er mit dem Daumen über meine Nippel strich. Ich keuchte und presste meine feuchten Brüste in seine Hände. Aber er bewegte seine Hände weg, gerade als ich nach mehr betteln wollte, und hob erneut den Schwamm auf. Er wusch meinen Bauch, Rücken und meine Beine. Als er den Duschkopf hinunterbog, um mich abzuspülen, war meine Haut von einer Schicht Seife bedeckt.

Die Empfindung war so intensiv und anders, als er meine Haut mit der Düse abspülte. Er regulierte den Wasserdruck, den Abstand und den Winkel, um mir nichts als Vergnügen zu bereiten und meinen Körper zum Kribbeln zu bringen. Er bewegte den Duschkopf an mir runter zu dem Teil, der am meisten danach lechzte.

Als er meine Beine auseinanderdrückte, traf der Wasserstrahl den empfindlichsten Teil von mir. Das Wasser trommelte auf meinen Kitzler und er lehnte sich näher an meine Brust. Mit seiner freien Hand umpackte er meinen Arsch und sog meinen Nippel in seinen Mund. Es fühlte sich an, als würden meine Knie nachgeben, als etwas, das ich noch nie vorher gefühlt hatte, anfing, mich zu überrollen. Glühendheißes Verlangen. Er hielt mich fest, als seine Zunge um meinen Nippel wirbelte und mich sanft liebkoste. Als er zärtlich in das empfindliche Fleisch biss und sog, verkrampfte sich alles in mir. Jeder Wassertropfen schien in meiner Mitte zu vibrieren.

Alles wurde verschwommen und eine Welle der Ekstase überflutete mich. Ich war dabei, etwas völlig Neues im Leben zu erreichen, und es war mir egal, wie ich dabei aussah. Ich fühlte zum ersten Mal in meinem Leben echte Lust und ließ sie durch mich fluten. Ich wäre fast auf die Fliesen abgesackt, da meine Beine nachgaben und sich ein langes Stöhnen aus meinem Brustkorb löste. Ich fühlte, wie meine Finger ins Nichts griffen und meine Beine verkrampften, bevor ich fiel. Die Wasserstrahlen, die in meinen offenen Mund prasselten, hielten mich nicht davon ab, laut stöhnend den ersten Orgasmus meines Lebens zu erleben.

Ich stöhne lauter, weil die Geräusche, die ich von mir gab, ihn anzuheizen schienen. Ich wollte wissen, wie weit genau das hier gehen würde.

Ich schrie wieder und wieder vor Lust. Ich war komplett erledigt, aber immer noch an ihn gepresst, während ich versuchte, meine Sinne wiederzuerlangen. Ich wollte, dass er fühlte, was ich nur Sekunden zuvor gefühlt hatte, dachte ich, während ich mich langsam von meinem Höhepunkt erholte.

„Ich will dich ficken, aber ich kann hier drin kein Kondom überziehen", knurrte er, als ich bemerkte, dass nicht mehr der Duschkopf zwischen meinen Beinen war, sondern sein dicker, harter Schwanz.

„Mach dir keinen Kopf, ich nehme die Pille", schüttelte ich den Kopf.

Ich nahm die Pille bereits, seit ich anfing, mit Abe zu schlafen, und als ich von zu Hause weglief, war ich der Tradition treu geblieben.

Ich wollte ihm mitteilen, dass ich fast so etwas wie eine Jungfrau war, aber das erschien mir dämlich. Ich fühlte mich wie eine wiedergeborene Jungfrau, weil ich niemals zuvor so gekommen war gerade, und Kent hatte keine leeren Versprechungen gemacht darüber, mich auf ein Abenteuer mitzunehmen. Ich wusste, dass es noch mehr zu entdecken gab, und es machte mir nichts aus, zuzugeben, dass ich jeden Zentimeter von ihm wollte.

Mein Körper verlangte nach ihm, als er mich herumdrehte und sich selbst hinter mir positionierte. „Ich will dich so verdammt heftig ficken. Halt dich gut fest."

Ich nahm einen tiefen Atemzug und fragte mich, ob es ein Fehler gewesen war, zuzugeben, dass ich die Pille nahm, aber ich wusste auch, dass es das Ende unserer Dusche gewesen wäre, hätte ich auf ein Kondom bestanden. Und das war etwas, was ich noch nicht aufgeben wollte. Ich legte meine Hände auf seine Schultern, als er mich hochhob, um meine Beine um seine Hüfte zu schlingen. Er stieß ohne Vorwarnung in mich hinein und ich keuchte überrascht und voller Lust auf. Er passte perfekt in mich, als wäre er schon viele Male vorher in mir gewesen. Es fühlte sich komisch an, da ich jetzt wusste, dass es der arme Abe mir nie richtig besorgt hatte; nicht wirklich. Mein Körper begann zu zittern, als er anfing in mich zu hämmern.

Ich begann zu summen, er knurrte. „Scheiße. Ich passe so perfekt in dich rein. Du bist so verdammt eng, Emma. Fühlt sich das gut für dich an?"

Ich bemerkte, dass ich es nicht so sehr genießen konnte, wie ich sollte, weil ich zu angespannt war. Also ließ ich los und ließ mich einfach von ihm ficken. Mir wurde bewusst, dass ich mehr von ihm wollte, und ich griff mit meinen Händen nach ihm, Hände, die sich winzig anfühlten, als sie seine breiten Schultern berührten.

„Hör nicht auf."

Seine Bewegungen sandten Schauer der Lust durch meinen Körper, als sich die Dusche mit dichtem Dampf füllte.

„Dein Wunsch ist mir Befehl", knurrte er, während er meine Hüfte festhielt und immer schneller in mich stieß.

Seine Geräusche klangen animalisch und ich konnte den Puls der Lust in jedem Winkel meines Körpers spüren, als er kontinuierlich rein- und rauspumpte.

„Du willst es fester, nicht wahr? Los, bettle, dass ich dich kommen lasse."

Ich glaubte nicht, dass ich noch einmal kommen könnte, aber der Gedanke daran, dass er es noch einmal schaffen würde, ließ mich doch betteln.

„Kent, bitte, Baby, lass mich kommen!"

Ein Teil von mir sagte das als Ansporn und der andere Teil meinte es wirklich so. Ich wollte, dass er mit mir machte, was ich mir immer schon erträumt hatte. *So* hatte ich mir vorgestellt, mit Abe Kinder zu zeugen. Heißer Sex und dann, ups, schwanger. Nicht so wie das, was in der Abschlussnacht oder danach passiert war.

„Lass mich heftig kommen!", rief ich mit leidenschaftlicher Überzeugung.

Er sagte kein Wort, aber sein Körper sprach für ihn. Ich fühlte mich, als würde ein loderndes Feuer in mir brennen. Meine Muskeln verkrampften sich, als seine Länge mich ausfüllte und dehnte und für sich beanspruchte. Mein Stöhnen kam aus tiefster Kehle, als die Empfindungen wie eine Welle durch mein Gehirn wuschen. Dann explodierte ein Feuer in mir, das mich zittern ließ und mir die Luft abschnürte. Ich keuchte nach Luft und es brauchte nicht mehr länger, bis auch er dasselbe tat und ein tiefes Brüllen seinen Lungen entwich, während seine Fingernägel sich in meine Hüfte bohrten. Er vergrub sich noch einmal tief in mir und zwang meinen Körper damit flach gegen die Wand.

„Fuck!", flüsterte ich, als ich zitternd gegen die Wand fiel.

„Das war verdammt wild", keuchte er in dem Versuch, nach Luft zu schnappen, während er sich langsam aus mir rauszog. Ich konnte ihn immer noch in mir fühlen, sogar nachdem er schon gekommen war.

„Ich hab noch nie ..." Ich wusste auch nicht, wie ich es beschreiben sollte.

Ich fühlte mich, als wäre das letzte bisschen Energie aus mir herausgesickert. Ich nickte, obwohl ich wusste, dass er mich nicht sah. Aber irgendwo zwischen dem Abstellen der Dusche und dem Rausgetragenwerden aus derselben öffnete ich die Augen, um festzustellen, dass ich in ein Handtuch gewickelt war. Er hatte es so mühelos getan, als wöge ich nichts, und ich wusste in dem Moment, dass ich den heutigen Abend nicht bereute. Ich wusste, dass nach dieser Nacht nichts mehr zwischen uns passieren würde, und ich hatte vor, jede Sekunde davon zu genießen. Sogar, obwohl ich so müde war, dass ich kaum noch meine Beine heben konnte.

Kapitel Vierzehn
Kent

ICH WACHTE AUF UND fühlte mich, als hätte ich bei einem großen Autounfall ein Schleudertrauma erlitten.

Fuck, dachte ich, als ich aufstand, mich streckte und bemerkte, dass ich nicht allein im Bett lag. Was hatte ich getan? Ich fühlte mich, als würde ich die Kontrolle verlieren. Alles begann an dem Tag, als ich mich entschied, die großen Schuhe anzuziehen, und es hörte nicht auf, nachdem ich meine Jungfräulichkeit verloren hatte und ein milliardenschweres Imperium erbte. Nichts davon war genug und ich wusste, ich war danach süchtig, wie die Schuhe mich fühlen ließen. Das war das Problem. Es war, als wäre ich einer dieser Menschen, die sich bei Weight Watchers oder so anmeldeten – zumindest wurde mir das ein paar Mal so gesagt. Ja, ab und an tat ich mehr, als nur mit einer Frau auszugehen und sie zu ficken. Ab und an blieb ich lang genug, um eine Unterhaltung mit ihnen zu führen.

Sie erzählten mir, dass sie sich angemeldet hätten, um zehn Pfund oder so zu verlieren. Wenn sie das schafften, fühlten sie sich gut, nur waren die zehn Pfund dann nicht mehr das Ziel. Sie wollten mehr. So fühlte es sich für mich an, nachdem ich meine Jungfräulichkeit verlor. Ich wollte nicht nur meine Jungfräulichkeit hinter mir lassen und durch damit sein, ich wollte, dass Frauen sich nach meinem Schwanz sehnten. Dass sie auf ihren Knien darum bettelten, dass ich sie fickte. Und normalerweise taten sie genau das, wenn sie meine Schuhe sahen.

War es das immer wert?

Verdammt, ja!

Aber jetzt wusste ich es nicht mehr. Ich fühlte mich, als würde ich knietief in der Scheiße stecken und nicht wissen, wie ich mich wieder herausmanövrieren sollte.

Verdammt, ich wusste, dass es das war, aber ich war gleichzeitig so unentschlossen, wie ich in meinem Herzen fühlte. Ich konnte Firmen aufkaufen, umstrukturieren und einen satten Gewinn einfahren in dem Moment, in dem ich über die Zahlen der Firma stolperte. Ich wusste, was ich tun musste, um Geld zu verdienen.

Aber das hier ...

Frauen. Sex. Verlangen. Verdammt, es machte mich wahnsinnig und ich wusste nie, ob ich den richtigen Weg einschlug.

Es gab nie jemanden, der mich nach mehr verlangen ließ, als nur Sex zu haben. Natürlich war ich mit ein paar wenigen Frauen ausgegangen, aber das war mehr so etwas wie meine soziale Ader. Die Sache bei Gails Freundin ... Wie war noch mal ihr Name? Emma, genau.

Ich wollte sie mehr als meine One-Night-Stands und scheiße, ich wurde schon hart nur beim Gedanken an sie. Ich war immer noch verkatert von letzter Nacht und ich konnte mich nicht einmal erinnern, wie ich nach Hause gekommen war. Ich wusste nur, dass ich in meinem Bett lag.

Und dann bewegte sich das Bett – und das war nicht meine Schuld.

Ich hatte keinen einzigen Muskel bewegt.

Ich hatte nicht einmal geatmet.

Und trotzdem hatte ich einen Ständer.

Verdammt, da lag jemand neben mir in meinem Bett.

Das war unmöglich!

Ich hatte noch nie neben jemandem geschlafen.

Ganz sicher!

Nicht einmal neben meiner Mutter, als ich Kind war.

Nicht einmal bei dem Mädchen an der Uni, an das ich meine Jungfräulichkeit verloren hatte. Sie war nur die erste in der Nacht gewesen, danach war ich wie ein Sexsüchtiger gewesen. Ich hatte in dieser Nacht so viele Mädchen gefickt, dass ich dachte, mein Schwanz würde abfallen von all dem Sex. Aber er wurde immer wieder hart und die Mädels kamen immer wieder an. Ich hatte nicht einmal gewusst, dass ich so viele Male hintereinander kommen konnte – und ich hatte seither versucht, den Rekord der Nacht zu brechen, aber ich war nicht mehr der junge Einundzwanzigjährige. Ich war drei Jahre älter und trotzdem so weit entfernt davon, drei Jahre reifer zu sein.

Ich hob das Laken an, um zu schauen, wer neben mir schlief und sich bewegt oder das Geräusch neben mir gemacht hatte. Ich hoffte wirklich, dass es nicht Gail war. Das wäre ein riesiges Fiasko geworden – aber ich sah auch kein rotes Haar. Ihr Haar war blond. Okay, das war nicht allzu schlimm. Ich hob das Laken noch ein bisschen höher und konnte mein Glück nicht fassen, als ich die Frau dort erkannte. Ich blinzelte und war unsicher, ob ich immer noch meine geheime Fantasie über sie auslebte, in der ich sie von hinten in der Dusche, auf dem Boden und dann im Bett genommen hatte.

Und dann erfasste ich etwas aus den Augenwinkeln.

Das nasse Handtuch, das von der Seite meines Bettes baumelte.

Ich hob meinen Kopf, um die auf dem Boden verteilten Kleidungsstücke zu betrachten.

Verdammt, es war keine Fantasie gewesen! Die Realität dessen, was gestern Nacht passiert war, klopfte langsam in meinem Hinterstübchen an. Alles, das noch vor Sekunden verschwommen gewesen war, brachte die Erleuchtung wie ein verdammter Blitzeinschlag.

Ich hatte einen Fehler gemacht.

Einen verdammt großen Fehler.

„Kent", flüsterte sie.

Ich wurde stocksteif und dachte darüber nach, wie ich schnellstmöglich aus dieser Situation herauskam, bevor jemand noch verletzt wurde. Ich wusste, dass sie zu gut und zu unschuldig war, um mit jemandem wie mir klarzukommen. Sie brauchte jemanden, der ihre Unschuld anhimmeln und sie wie eine Prinzessin behandeln würde. Und ich wusste ganz sicher, dass dieser Jemand nicht ich sein konnte.

Kapitel Fünfzehn
Emma

MEIN ERSTER GEDANKE, als ich aufwachte, war, ob er letzte Nacht bereuen würde. Ich wusste, dass er es tat, als ich seinen Namen flüsterte.

Alles, was ich zu hören bekam, war ein Schwall schneller Worte und schon war er aus dem Bett gesprungen. In Lichtgeschwindigkeit. Na ja, nicht wirklich, aber es kam nah dran.

„Muss ins Büro. Mach dich fertig. Wenn du bereit bist."

Bevor ich noch irgendetwas erwidern konnte, war er weg. Ich hob meinen Kopf, bereit, etwas zu sagen, aber er war schon aus der Tür.

Ich wusste da schon, dass ich nur ein One-Night-Stand war und er sich soeben entschieden hatte, dass ich gehen musste. Eine Träne bildete sich in meinem Augenwinkel, aber ich schüttelte den Kopf; er würde mich nicht zweimal in derselben Woche demütigen können. Was zur Hölle war nur los mit mir?

Mein Herz begann zu rasen, als ich die Überbleibsel von Gails Kleid vom Boden aufsammelte und das Höschen aufhob, das ich letzte Nacht getragen hatte. Nun, es war nicht gerade ein Höschen, eher ein Tanga, der nunmehr in Teile zerrissen war. Super. Das Kleid war nicht unbedingt dafür gemacht, einen BH zu tragen – Nanas Worte, nicht meine. Anscheinend war es auch nicht gerade für Höschen geeignet, wenn ich mir das Drama vor mir ansah. Ich musste von hier verschwinden mit dem letzten bisschen Würde, das ich noch hatte –

71

zur Not auch ohne Höschen, ohne BH und nur in dem Fetzen, der ein Kleid sein sollte.

Was sonst könnte noch schief gehen?

Ich beschloss, dass ich nicht länger hierbleiben und abhauen würde, sobald ich meine Handtasche gefunden hatte.

Ich hatte den ganzen Morgen verschlafen und nun war es nachmittags. Ich fühlte mich vor wenigen Minuten noch mutig, aber jetzt, wo die Realität eintrat, dass ich mir ein Taxi würde rufen müssen mit dem wenigen Geld, das ich noch im Portmonee hatte, um zu Gail zu gelangen, fühlte ich mich nicht mehr so mutig.

Ich rannte ins Bad und verbrachte ein paar Minuten damit, herauszufinden, wie die Wasserhähne funktionierten, dann spritzte ich mir mit den Händen kaltes Wasser ins Gesicht.

Ich fühlte die gleichen Tränen aufsteigen, die Kent schon in seinem Büro aus mir herausgekitzelt hatte, und ich musste sie loswerden, damit ich hier in Würde abhauen konnte.

Nicht mit viel Würde, aber zumindest mit genug, um zu wissen, dass ich hier wegkam, bevor Kent mich tatsächlich rausschmeißen könnte. Ich fühlte mich schmutzig, als hätte er mich für die Nacht bezahlt und würde nun versuchen, mich aus seinem Penthouse loszuwerden. Ich fühlte mich billig, obwohl ich eine wirklich heiße Nacht gehabt hatte. Ich musste zugeben, dass es etwas gewesen war, von dem ich noch die nächsten Hundert Jahre zehren würde. Die Art, wie er mich angefasst hatte, ließ mich letzte Nacht wie eine Frau fühlen. Aber in nur wenigen Sekundenbruchteilen ließ es mich auch wie eine Nutte fühlen.

Ich konnte seinen Schwanz, seinen unglaublich großen Schwanz, immer noch in meinem Mund und meiner Muschi fühlen. Ja, er hatte mich wie eine Frau fühlen lassen, aber ich kam nicht umhin, mich zu fragen, ob es das wert gewesen war. Natürlich, immerhin war es etwas, das Abe nie gemacht hatte, und kein Mann hatte mich je kommen lassen, zumindest nicht *so*. Ich hatte es mir immer selbst gemacht, nachdem Abe von mir runtergerollt war und ich ins Bad floh. Das war der einzige Weg gewesen, mit dem umzugehen, was er nicht selbst hatte erreichen können.

Wenn ich Kinder gehabt hätte, hätte ich gedacht, dass meine Muschi vielleicht zu ausgeleiert war, um Abes Schwanz zu spüren. Aber das war nicht der Grund, warum ich jedes Mal, wenn ich Sex mit Abe hatte, am liebsten gefragt hätte: „Bist du schon drin?"

Ich hatte immer lügen müssen, wenn er fragte, ob ich auch gekommen war.

„Natürlich", sagte ich immer. Und am Anfang war die Lüge auch leicht über meine Lippen gekommen, aber mit der Zeit wurde es schwerer und frustrierender. Aber ich hatte keine Wahl; ich musste zurück, auch wenn ich den Gedanken daran hasste.

One-Night-Stands waren nichts für mich, das wusste ich jetzt.

Ich schlich mich immerhin gerade an einem Samstagnachmittag aus einem Penthouse, aus dem ich wie eine Nutte geworfen wurde. Das würde ich sicher nicht noch einmal tun. Immerhin behandelte Abe mich mit dem Respekt, den ich verdiente, wenn ich bei ihm war. Das war sicher ein besseres Leben als das hier.

Wie ging das Sprichwort noch? Die Kirschen des Nachbarn sind immer ein bisschen süßer. Aber sobald man im Nachbargarten stand, wusste man, dass man lieber in seinem eigenen Garten hätte bleiben sollen.

Ich trocknete mein Gesicht ab und schluckte meinen Stolz hinunter, zog Gails Pumps an und haute ab. Aus irgendeinem Grund taten meine Füße mehr weh als gestern Nacht, als wären sie angeschwollen oder so.

Der Gedanke daran, auf die Straße zu treten und ein Taxi zu rufen, war schmerzhaft, aber ich hatte keine Wahl. Ich musste hier verschwinden. Plötzlich aber erschien eine Frau aus dem Nichts, als ich aus seinem Schlafzimmer sprintete. Es wirkte, als hätte sie auf mich gewartet.

„Emma?", fragte sie und ich wollte gerade antworten, als ich ihr Outfit bemerkte. Sie trug etwas, das ein wenig altmodisch und unerwartet wirkte; einen schwarzen Anzug und eine Krawatte. Ihre blonden Haare hingen lose über ihre Schultern und für einen kurzen Moment erinnerte sie mich an Blake Lively in diesem Film, dessen Namen ich mir nie merken konnte.

„Kent meinte, ich soll Sie nach Hause fahren. Ich hoffe, das ist okay. Außer Sie haben andere Pläne oder so."

Ich verschluckte mich fast an meiner eigenen Spucke, als ihre Augen mich von oben bis unten musterten und den nackten Körper betrachteten, der unter dem wenigen Stoff des Kleids versteckt lag – ein Kleid, das nichts der Fantasie überließ.

„Nein."

Ich flüsterte die Worte und fühlte mich zu beschämt, dass sie wusste, was genau ich mit Kent getan und wie er mich abserviert hatte wie ein Stück Abfall.

Dann kam sie auf mich zu und hielt mir etwas hin, das aussah wie Kleidung.

„Er dachte, dass Sie vielleicht etwas Bequemeres tragen möchten."

Ich sagte nichts; ich fühlte mich dumm, dass er ein Bündel Klamotten für mich organisiert hatte. Vielleicht war es ein netter Schachzug gewesen, aber die Realität dessen, dass es sich hier um reine Routine handeln könnte, den unschuldigen Mädchen im Anschluss Kleidung zu reichen, setzte unweigerlich ein.

„Ich schätze, das tun Sie häufiger." Ich hielt ihrem Blick stand und fragte mich, ob sie mir eine ehrliche Antwort geben würde.

Stattdessen bewegte sie sich zurück an die Stelle, an der sie auf mich gewartet hatte.

„Schuhe sind hier auch. Sie können duschen gehen. Es gibt frische Handtücher und eine Ersatzzahnbürste. Keine Eile."

Sie wedelte mit ihren Händen durch die Luft.

Sie könnte eine Freundin sein, jemand, mit dem ich klarkommen würde in der Großstadt. Es gab nicht viele Frauen, die auf mich so beruhigend wirkten, wie sie es auf ganz natürliche Weise tat.

Es gab nur ein Problem: Sie arbeitete für Kent.

Der Mann mit den großen Schuhen. Immerhin schien es, als wäre die Theorie bewiesen worden: Je größer die Schuhe, desto größer der Schwanz.

Nur daran zu denken, wie er mich gestern Nacht hatte fühlen lassen, zauberte ein Lächeln auf mein Gesicht. Eines, das ich so schnell nicht ablegen wollte, zumindest noch nicht. Ich hatte zwar den Morgen damit verbracht, mich wie eine Nutte zu fühlen, aber die Wahrheit war doch: Ich hatte Spaß gehabt letzte Nacht. Ganz gleich, wie er mich heute Morgen behandelt hatte.

„Ich werde mich beeilen", rief ich ihr zu.

„Lassen Sie sich Zeit, keine Sorge", antwortete sie.

Ich hätte sie nach ihrem Namen fragen können oder sonst etwas Persönliches. Aber ich fühle, wie meine Handtasche vibrierte, und ich wusste, dass ich vermutlich Nachrichten von Gail und Nana erhalten hatte. Sie würden warten müssen. Ich hatte vor, eine lange Dusche zu genießen und dann neue Unterwäsche, Jeans und ein T-Shirt überzuwerfen. Dann würde ich wirklich mit der Restwürde gehen, die ich noch vor ein paar Minuten gespürt hatte. Nur diesmal hätte ich zumindest noch meinen Stolz.

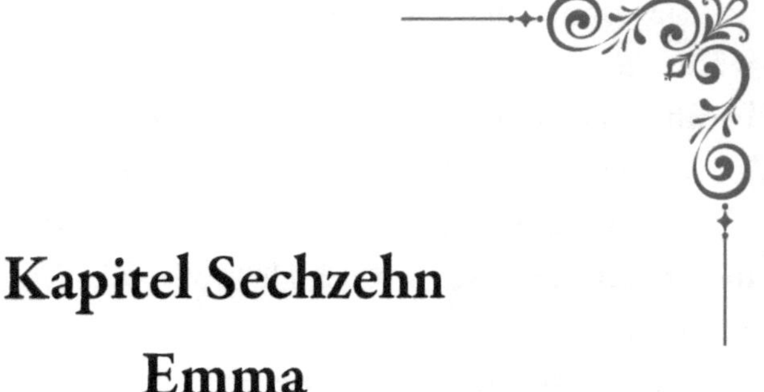

Kapitel Sechzehn
Emma

ICH HATTE NOCH NICHT einmal den Schlüssel ins Schloss gesteckt, da riss Gail die Tür schon auf.

„Erzähl uns alles", rief Nana und ich fragte mich, wie lange sie wohl schon an der Tür gestanden hatten. Vielleicht seit dem Moment, als ich sie nach der Dusche angerufen hatte, als ich nur mit einem Handtuch bekleidet auf dem Bett saß und das Wasser aus meinen Haaren rubbelte. Ich konnte nicht mehr über den traurigen Teil der gestrigen Nacht nachdenken, weil ich wusste, dass ich die Stadt verlassen würde. Weil es hier nichts mehr für mich gab. Nicht wirklich. Ich wusste jetzt immerhin, dass das Mysterium über die Schuhgröße der Männer stimmte, aber ich hatte ein Leben zu Hause, das dort auf mich wartete, und auf einmal erschien es mir gar nicht mehr so schlecht. Ich hätte ein Dach über dem Kopf, Essen auf dem Tisch und würde mich nicht mehr darum kümmern müssen, von einem Sofa verdrängt zu werden.

Nein, mein Leben, das zu Hause auf mich wartete, war vielleicht nicht so aufregend wie hier, aber es war immerhin beständig. Zumindest bildete ich mir das ein.

„Setz dich! Hör auf, es hinauszuzögern, und trink. Hier, nimm einen Schluck", sagte Gail und drückte mir einen Whiskey auf Eis in die Hand. Der Geruch war stark und ich kannte den Duft wie meine Westentasche; ich hatte das viel zu oft für Opa zubereitet. Er hatte dieses Motto, dass, sobald seine Enkelkinder groß genug waren, um zu laufen und zu sprechen, sie wissen mussten, wie man einen guten Drink mischte. Sein Drink war Whiskey auf Eis und er grinste, als hätte er im Lotto gewonnen, immer wenn ich ihm einen brachte.

Ich kippte den Drink in einem Zug, nicht wegen meiner Offenbarung über die letzte Nacht, sondern weil ich die Wahrheit sagen musste darüber, was ich vorhatte zu tun. Ich wusste, dass keiner von beiden darüber glücklich sein würde.

Nana trug ausschließlich pink. Pinkes Sweatshirt, pinke Jogginghose, pinke Sneakers und dazu noch das passende pinke Haar.

Gail sah aus, als hätte sie eine längere Nacht gehabt, als ich es hatte, was mich nicht überraschte. Sie schaffte es immer, Typen abzuschleppen, ganz ohne zu zögern, und sobald sie sie abgeschleppt hatte, vergaß sie deren Namen. Man hätte nie geglaubt, dass wir gleich alt wären, ganz zu schweigen davon, dass wir beste Freundinnen seit der Highschool waren. Wir waren so unterschiedlich, wie zwei Personen nur sein konnten, aber wir verstanden uns.

Eine Karriere zu haben, bedeutete Gail alles, aber ein Liebesleben zu haben, war ihr egal. Sie glaubte nicht an die Liebe. Das war nur ein Märchen, eines, das junge Mädchen enttäuschte, sobald sie erwachsen wurden, und ich war das perfekte Beispiel für ihre Theorie.

Ich grinste, weil ich wusste, dass sie mir zuhören wollten, sobald ich meinen Drink ausgetrunken hatte, und jener wurde schnell durch einen neuen ersetzt, als ich mich hinsetzte.

„Also, er nahm mich mit nach draußen und ...“

Gail wedelte mit ihrer Hand. „Ihr habt euch ein Taxi genommen, wir wissen das schon alles.“

Ich hob meine Hand, um sie zu unterbrechen, weil sie annahm, dass Kent sich wie ein Gentleman benommen hatte, aber das war weit entfernt von der Wahrheit.

„Er wollte mich unbedingt nach Hause mitnehmen.“

„Sowas“, rief Nana und klatsche aufgeregt in die Hände.

„Ja."

Ich nickte, als ich mich an den Moment erinnerte. „Dann rief er ein Taxi und ich bin mit zu ihm."

„Halt mal, Emma." Gail stand auf, um die Flasche zu holen, und dieses Mal erschienen drei Gläser auf dem Tisch.

Nana rannte in die Küche und holte eine Tüte Chips, während ich mit einem tiefen Seufzen auf die Couch fiel, die bald schon nicht mehr mein Zuhause sein würde.

„Ich will hören, was passiert ist, als er deine Hand ..."

Ich lächelte. „Ja, das wirst du auch." Dann kippte ich einen weiteren Whiskey auf ex und wartete, bis sie sich zu mir aufs Sofa gesellten, bis ich alle Ereignisse der Nacht erzählte – inklusive des Parts, wie ich zu neuen Klamotten gekommen war.

„WAS FÜR EIN ARSCH", meinte Nana am Ende, als alle Ereignisse erzählt waren. Es endete nun mal nicht mit romantischen Erinnerungen.

„Ist mir egal. Es bedeutet nur, dass ich tun muss, was ich eben tun muss."

Beide schauten mich verwirrt an und fragten zur selben Zeit: „Was?"

Meine Kehle schnürte sich zu. „Ich muss nach Hause und Abe heiraten. Ich lebe eine Lüge. Eine, die nicht wirklich ich ist. Ich habe es geliebt, in der Stadt zu wohnen, aber Gail, ich bin hier schon so lange und es ist einfach deutlich geworden, dass ich hier nicht hergehöre. Ich bin ein Landmädchen."

„Du hast es gehasst, mit Abe zusammen zu sein!", rief Nana. „Auf der Farm zu leben. So eingeschränkt in allem zu sein. Und jetzt willst du zurück?"

Sie schüttelte den Kopf, als hätte sie soeben meine Vergangenheit in nur einem Satz zusammengefasst.

Ich stimmte ihr zu. „Ja. Ich habe mich wie eine Gefangene gefühlt und immer gedacht, dass es anderswo besser wäre. Aber letzte Nacht hat mir gezeigt, dass ich hier nicht hergehöre. Ich war den Tränen nah, als er mich abgewiesen hat. Stadtmädchen heulen nicht, wenn ein Kerl nur eine Nacht mit ihnen will. Die Tage des Wartens sind vorbei. Außerdem hat Claire mir gesagt, dass ich meinen Teil beitragen soll oder verschwinden muss. Stadtmädchen ..."

Gail stand auf. „Du hast keine Ahnung, was du da sagst. Ich bin auch ein Landmädchen, genau wie du, und als ich hierherkam, war es auch nicht gerade ein Zuckerschlecken."

Ich umarmte sie. „Ja, weil du aus einem bestimmten Grund hier warst. Du wolltest eine Karriere. Ich kam, um für eine Woche oder so auf deinem Sofa zu schlafen, dann vielleicht einen Job zu finden und zu schauen, was passiert. Ich bin jetzt seit sechs Monaten hier und ich habe nichts erreicht. Ich kann nicht länger auf Mamas, Papas, Nanas oder deiner Tasche liegen. Es ist nicht richtig."

Nana flüsterte etwas, das ich nicht hören konnte, und dann eilte sie in die Küche.

„Rosemary, willst du es ihr sagen oder soll ich?"

Mir gefiel Gails Tonfall nicht, aber es war eindeutig, dass Nana etwas verheimlichte.

„Emma, du solltest nicht so einfach aufgeben. Du bist jung und hast noch dein ganzes Leben vor dir."

Ich ging auf sie zu, als Gail mir den Weg versperrte und einen finsteren Gesichtsausdruck auflegte.

Stille.

Nana vermied es offensichtlich, mit mir zu sprechen. Gails Stirn lag in Falten und ich wusste, dass es nur eine Möglichkeit gab, die zum Schneiden gespannte Luft zu durchbrechen.

„Abe kommt nächste Woche, um mich nach Hause zu bringen. Und wenn er das tut, dann gehe ich mit ihm."

Gail hielt meine Hand. „Ich hätte es dir in dem Moment sagen sollen, in dem ich es herausfand. Abe kommt nicht zurück, um dich zu holen. Er heiratet und er kommt, um es dir persönlich zu sagen."

Wow. Unmöglich! Ich sah Nana an, damit sie mir sagte, dass es nicht wahr war.

Sie nickte. „Es ist wahr. Ich bin hergekommen, um sicherzustellen, dass es dir gut geht. Gut genug, um die Neuigkeiten zu verdauen, bevor er kommt."

Ich nahm einen tiefen Atemzug, aber diesmal nicht, um zurück auf die Couch zu fallen. Ich musste hier raus, brauchte etwas Raum zum Atmen. Abe hatte ohne mich weitergemacht. Nicht, dass ich ihm das übelnehmen konnte. Aber so bald? Ich hätte fragen sollen, wen er heiratete und warum er es so schnell tat.

Ich fühlte mich wie ein Idiot dafür, dass ich an die Liebe geglaubt hatte.

Gail hatte recht. Mein Leben war auf dem Weg, in die komplett andere Richtung zu verlaufen als gedacht. Statt eines Märchens lebte ich einen nie enden wollenden Albtraum.

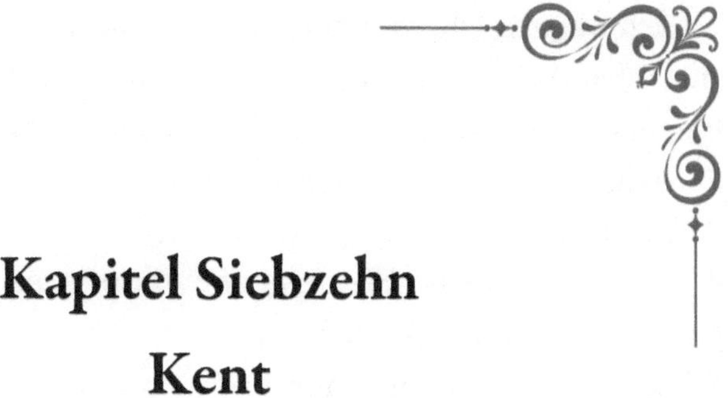

Kapitel Siebzehn

Kent

„MEINE FÜSSE BRINGEN mich noch um!"

Ich schimpfte laut, als ich mich an Jeffs Pool niederließ und darüber nachdachte, wie ich mein Penthouse verlassen hatte. Wie ein verdammter Idiot. Oder das weltgrößte Arschloch, je nachdem wie man es betrachtete.

„Ich versteh das nicht, Mann. Ich meine, all das ist passiert und du denkst immer noch über die Größe deiner Füße nach. Na und? Reicht es dir nicht, ein Milliardär zu sein und jede erdenkliche Frau zu deinen Füßen liegen zu haben?"

Ich zuckte die Achseln. *Anscheinend nicht.*

„Es ist Sonntag, entspann dich einfach. Was willst du später machen?"

Noch einmal zuckte ich mit den Achseln und dachte darüber nach, wie ich Emma vorhin behandelt hatte. Es war unfair gewesen, wenn man bedachte, dass ich sie nahezu in mein Apartment gezogen und sie benutzt hatte. Nicht einmal, sondern zweimal, die ganze Nacht lang. Und dann hatte ich sie allein in meinem Penthouse gelassen.

„Erzählst du mir davon? Oder lasse ich dich einfach den ganzen Tag hier am Pool sitzen, während ich auf die Suche nach jemandem gehe, der sich amüsieren kann? Ich bin nämlich gelangweilt und dein Gejammer geht mir in letzter Zeit auf den Sack. Du bist wie meine Mom, wenn sie mal wieder eine ihrer Episoden hat."

Ich fragte mich, warum ich meine Emotionen auf meinem Gesicht zur Schau stellte wie ein offenes Buch. Eine Eigenschaft, die mich immer davon abgehalten hatte, anderen näherzukommen – außer Jeff. Er kannte mich besser als jeder andere, besser als meine eigene Mutter. Auch jemand, den ich mied wie die Pest.

Sie war nicht die typische Eisprinzessin, wie es andere Milliardärsmütter waren. Sie war eine Witwe, und das schon eine Weile lang, aber davor schon hatte ich mich gewundert, was sie mit jemandem wie meinem Vater wollte. Er war ein Eiszapfen und sie die Sonnenkönigin. Sie waren komplett unterschiedlich, Mom arbeitete immer noch für wohltätige Zwecke. Nicht die üblichen Veranstaltungen oder das Sammeln von Spenden für Kinder, die sie nie getroffen hatte. Nein, nicht meine Mutter. Sie war draußen in der Suppenküche, schrubbte die Böden oder war draußen in der Natur, bewaffnet mit Schaufeln, um den Müll in der Natur zu entsorgen. Ja, meine Mutter war eine Heilige – so auch meine Schwester. Aber die Freundlichkeit in unserer Familie war auf die Frauen beschränkt. Mein Vater war anders gewesen.

Er war wie ich, programmiert darauf, Geld ranzuschaffen und nie damit zufrieden zu sein. Manchmal mied ich meine Schwester und meine Mutter aufgrund ihrer Herzlichkeit. Es war eine Charaktereigenschaft, die ich nicht besaß, und ich hasste den Gedanken daran.

„Kent? Verdammt. Ich hab dich noch nie so gestresst gesehen. Der Deal mit den Japanern? Hat dich kaum gejuckt. Nicht einmal der Wunsch, deine Jungfräulichkeit loszuwerden, hat dich davon abgehalten, mit mir darüber zu sprechen. Was auch immer dich belastet, wir können drüber reden."

Ich nickte mit dem Kopf, als ich mich für eine Millisekunde an das erinnerte, was mich gestern so belastet hatte. An dem Tag, an dem ich Emma kennenlernte, wollte meine Schwester, dass ich mit Mom sprach. Ein Streit, den wir vor Wochen hatten und der immer noch in meinen Gedanken nachhallte.

„Ich muss nach Hause."

Ich wartete nicht darauf, dass Jeff antwortete. Ich war zu jeder Frau in meinem Leben ein Arsch. Was zur Hölle war nur verkehrt mit mir? Emma war nicht einmal ein Teil meines Lebens, nur ein One-Night-Stand.

Ich scrollte durch mein Telefon und sah, dass meine Mom fünfmal angerufen hatte und meine Schwester einmal. Ich hätte eine von ihnen zurückrufen sollen, aber während ich unten auf mein Auto wartete, entschied ich, dass ich die Person anrufen würde, die meine Gedanken vereinnahmte.

Emma.

Ich hatte all ihre Kontaktinformationen von meiner Sekretärin erhalten. Ich rief an und als ihr Telefon klingelte, war ich kurz davor, aufzulegen und Dot anzurufen. Wo zur Hölle war sie nur mit meinem Auto?

„Kent? Du bist ein Arschloch. Was willst du?"

Ich verdiente das. Sie sagte sonst nichts, aber sie hatte auch nicht aufgelegt, daher wusste ich, dass ich noch eine Chance hatte.

„Ich wollte mich entschuldigen wegen vorhin ..."

„Weshalb genau? Dass du aus dem Bett geflohen bist oder dass du einen Fahrer bestellt hast, um mich nach Hause zu fahren, als wäre ich eine Nutte, die du für die Nacht mitgenommen hast?"

Ich hatte eine süße und unschuldige junge Frau in ein schimpfendes Weib verwandelt und ein Teil von mir mochte, dass sie gesagt hatte, was sie gesagt hatte. Ein anderer Teil von mir hasste den Gedanken, dass sie sich in so kurzer Zeit so verändert haben könnte.

„Ich verdiene das."

Ohne zu zögern, antwortet sie. „Das tust du."

„Ich wollte nur anrufen, um dir zu sagen, dass du den Job hast."

Nichts.

Wieder nur Stille.

Dann hörte ich, wie sie tief einatmete. „Ich möchte das Doppelte von dem, was du mir angeboten hast."

„Natürlich willst du das."

„Und ich werde nicht wieder mit dir schlafen."

„Natürlich wirst du das nicht."

Sie zögerte einen kurzen Moment. „Ich möchte einen Vertrag unterschreiben."

„Komm Montagmorgen in mein Büro. Ich lasse einen für dich anfertigen."

Bevor ich noch ein weiteres Wort sagen kann, legte sie auf und Dot fuhr mit der Limo vor dem Gebäude vor. Ein Grinsen lag auf meinem Gesicht, als ich darüber nachdachte, dass zum ersten Mal in meinem Leben eine Frau einfach so aufgelegt hatte. Ich hätte Dot bitten können, mich zu meiner Mutter zu bringen, um es hinter mich zu bringen, aber ich war nicht bereit dafür.

Noch nicht.

Nicht heute.

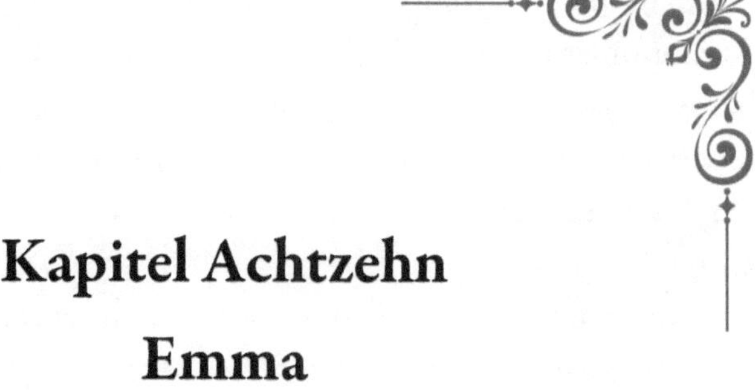

Kapitel Achtzehn
Emma

ES WAR MONTAGMORGEN und ich wusste, dass ich ihn sehen würde. Die Achterbahnfahrt, ob ich die Stadt verlassen würde oder nicht, kam zu einem dramatischen Ende. Ich wusste, dass Kent mich brauchte, und ich brauchte ihn noch mehr. Dies hier wäre der Beginn eines Neuanfangs für mich.

Ich verdiente den.

Ich war lange genug egoistisch gewesen. Ich hatte mich benommen, als müsste Abe auf mich warten und bei mir bleiben. Wir waren seit zehn Jahren zusammen. Seit der ersten Klasse war uns klar gewesen, dass wir heiraten würden. Ich hatte den Entwurf geändert, nicht er. Er hatte jemanden gefunden, was wohl nicht allzu schwer gewesen war. Jemanden, der ihm die Kinder geben würde, die er wollte, und die Frau sein würde, die er brauchte. Er hatte einen kleinen Schwanz, aber dafür andere gute Qualitäten, die ihn zu einem guten Mann machten. Und Kent war vielleicht ein Mann im Bett, aber ansonsten gab es wenig, was für ihn sprach.

Ich hatte von Gail gehört, dass Kent sich mit seiner Familie auseinandergelebt und er nur einen Freund hatte. All das Geld, das gute Aussehen und der Charme ... und trotzdem hatte er nicht das Einzige, was ich im Überfluss hatte. Ich wusste, ich musste anfangen, das besser wertzuschätzen.

„Ja, ähm, ich bin hier, um Kent James zu sehen", sagte ich der Rezeptionistin, als ich in Gails rotem Shirtanzug auf sie zu kam. Ich hatte das Jackett in der Mitte meiner Brüste zugeknöpft und trug sonst nichts darunter. Ich wollte, dass Kent unmissverständlich wusste, dass ich komplett nackt unter dem Anzug war. Ich hatte nicht einmal Unterwäsche an.

Nur weil ich mich ihm nicht noch einmal hingeben würde, bedeutete das nicht, dass ich ihn nicht ein wenig reizen konnte.

Er würde mir immerhin doppelt so viel zahlen, wie ursprünglich vereinbart.

Nichts konnte mehr schiefgehen, gar nichts. Es lag an mir, den Vertrag zu unterschreiben und sicherzustellen, dass die Nacht ein Erfolg wurde.

Bevor die Rezeptionistin antworten konnte, klingelte mein Telefon und ich ging schnell dran.

Es war Gail. „Denk dran, unterschreib! Und wenn du das getan hast, kommt bald ein neuer Auftritt. Und noch einer. Und dann hast du eine Wohnung und ich bin diejenige, die dich anfleht, auf deinem Sofa schlafen zu dürfen."

„Gail, ich muss los. Ich gehe jetzt rein."

„Okay, okay", sagte sie und legte auf.

Als ich Nana von dem Jobangebot erzählt hatte, meinte sie, dass ihre Arbeit bei uns verrichtet wäre. Nachdem sie ein paar Kurze vom Whiskey getrunken hatte, sagte sie, sie würde sich kurz hinlegen.

Ich hatte keine Gelegenheit gehabt, sie zu fragen, was genau sie damit meinte, dass ihre Arbeit verrichtet wäre.

Ging es darum, dass sie mir von Abe erzählt hatte? Oder darum, mich zu einem One-Night-Stand zu bringen? Es wirkte alles belanglos im Vergleich. Alles, was ich wusste, war, dass ich hier war, um einen Vertrag zu unterschreiben, und dann würde ich singen, was auch immer er mich singen lassen wollte, damit ich von diesem Sofa runterkam. Es ging mir nicht darum, im Rampenlicht zu stehen. Ich wollte mich nur endlich selbst aushalten können.

„Mr. James sagt, Sie können reingehen. Seine Sekretärin ist hier, sie bringt Sie in sein Büro. Dort warten Sie dann ein paar Minuten auf ihn."

Ich nickte, enttäuscht, dass er mich erneut in seinem Büro warten ließ. Ich war bereits durch die Sicherheitskontrolle gegangen, nachdem ich mich angemeldet und meinen Besucherausweis bekommen hatte. Ich ging zu den Fahrstühlen, wie ich es vor einigen Tagen bereits getan hatte, aber es fühlte sich eher an, als wäre es Monate her. So viel war passiert seitdem.

Ich strich meinen Anzug glatt – oder eher Gails Anzug – und das gab mir das Selbstvertrauen und die Würde, ihm gegenüberzutreten.

Seine Sekretärin führte mich in sein Büro. Sie war hübsch, aber nicht so wie die Rezeptionistin oder jede der anderen Frauen, mit denen er arbeitete. Nicht einmal so wie die Sekretärin, die ich vorher getroffen hatte. Anscheinend war diese nur eine Aushilfe, die für seine echte Sekretärin einsprang. Sie war etwas älter, was mir merkwürdig vorkam. Kent schien der Typ zu sein, der ausschließlich junge und hübsche Frauen um sich haben wollte. Vielleicht, um ihm eine Art Sinn zu verleihen. Diese Sekretärin hingegen erinnerte mich an meine alte Chemielehrerin.

Hmm.

Meine Gedanken gingen auf Wanderschaft, als ich mich hinsetzte und sie mich mit den typischen Formalitäten empfing.

„Möchten Sie etwas trinken?"

Was war noch mal der Name meiner alten Chemielehrerin? Ich erinnerte mich an ihre eckigen Brillengläser, den Bob-Haarschnitt aus den Siebzigern und die dazu passenden Kleidungsstücke. Aber nicht an ihren Namen.

„Nein", flüsterte ich, als ich mich räusperte und die paar Gehirnzellen ankurbelte, die ich übrighatte.

„Nun, Ihre Kehle klingt etwas trocken, Liebes. Ich hole Ihnen einen Kaffee und ein bisschen was zum Knabbern. Er wird noch eine Weile brauchen."

Ich nickte. „Okay, Mrs. Thompson."

Ja! Genau! Das war ihr Name.

„Keine Ursache, Liebes. Ich bin in ein paar Minuten zurück."

Ich runzelte die Stirn und wunderte mich. Arbeitete meine alte Chemielehrerin wirklich für Kent?

Nee.

Das ist nur ein weitverbreiteter Name. Warum würde sie von einer Karriere als Chemielehrerin zu einem Arbeitgeber wie ihm wechseln?

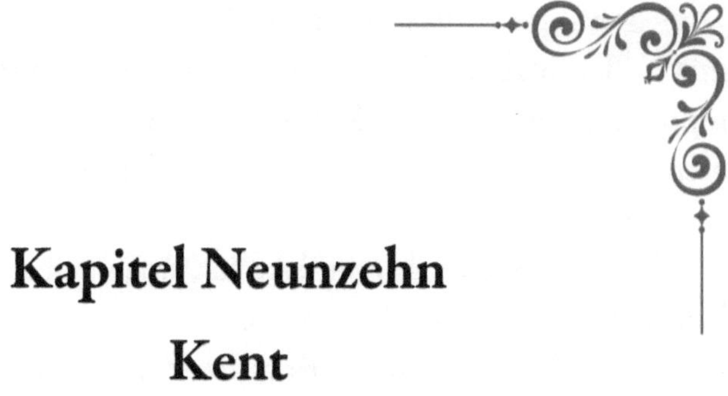

Kapitel Neunzehn

Kent

ICH WUSSTE, DASS SIE hier war, in dem Moment, als sie das Gebäude betrat. Ich hatte sie bei jedem Schritt beobachtet, den sie in meinem Gebäude tat. Die Videoüberwachung erstreckte sich durch das ganze Gebäude und ich sah ihr über meinen Laptop zu. Ich mochte den Anzug, den sie trug. Rot schmeichelte ihrem Teint und, wenn mich nicht alles täuschte, trug sie auch nur den äußeren Teil des Anzugs.

Das Wippen ihrer Brüste sagte mir, dass das Einzige, was diese hinreißenden Kugeln in Schach hielt, der gespannte Stoff dieses Jacketts war. Alles, was ich tun müsste, wäre, meine Hand zwischen die Stoffteile der Jacke zu pressen, und der Knopf würde abspringen.

Es war schwierig, nicht darüber nachzudenken, und ich stellte meinen Sitz im Konferenzraum neu ein. Ich war hart und es gab so wenig, was ich dagegen tun konnte. Sie hatte es mehr als klargestellt, dass unsere Beziehung von nun an nichts als professionell war. Aber vielleicht, nur ein einziges Mal ...

Ich wollte sie, mehr als ich jemals eine andere Frau wollte. Ich konnte nicht aufhören, an sie zu denken. Ich wollte den berauschenden Punkt am Ende ihres Halses kosten und die Art fühlen, wie sich ihre Brüste in meine Handflächen pressten. Sogar jetzt, als ich nur daran dachte, schlossen sich meine Hände und ich dachte daran, wie sich ihr heißes Fleisch zwischen meinen Fingern angefühlt hatte.

Ich wartete, bis Justine ihr ein Tablett mit Keksen und eine Karaffe mit Kaffee brachte, bevor ich aufstand. Als Emma an ihrem Kaffee nippte und an einem Keks knabberte, ging ich ins Büro. Ich wusste nicht genau, was ich sagen wollte, aber mir würde schon etwas einfallen.

Rein professionell, erinnerte ich mich selbst. Ich musste meine Triebe unter Kontrolle halten. Sie drehte sich um und ein stiller Pfeil schoss aus ihren Augen, aber darunter sah ich das Verlangen, das sie krampfhaft versuchte zu verstecken. Es fiel ihr schwer und ich bemerkte die Art, wie ihre Augen an meinen Lippen hängenblieben und tiefer wanderten bis zu meinem Schwanz.

Ich fühlte, wie mein Körper zum Leben erwachte, und schloss die Tür. Ein kurzer Handgriff verschloss die Tür, dann ging ich zu den Jalousien, um sicherzustellen, dass auch diese geschlossen waren.

„Willst du, dass ich dich auf dem Schreibtisch ficke, Emma, oder hättest du lieber die Couch?"

Sie blinzelte und starrte mich sprachlos an, aber sie reagierte nicht entrüstet. Ihre Augen verengten sich und wanderten zu meinem Reißverschluss. Ich sah, wie ihre rosa Zunge hervortrat und die Lippen benetzte, bevor sie schnell wieder verschwand. Ihre Augen trafen meine und ich sah ihre Zustimmung, die Hitze, die sie nicht mehr länger versteckte.

Ich löschte die Lichter in meinem Büro und ging auf sie zu. Sie saß auf der Couch, auf der ich manchmal Nickerchen hielt, und war bereit für mich. Ich wusste, dass ihr Outfit mich reizen sollte, aber sie konnte sich nicht gegen das wehren, was zwischen uns war. Genauso wenig wie ich. Sie wollte meinen Schwanz schmecken, denn sie griff in meine Hose, öffnete den Knopf, schob den Reißverschluss hinunter, dann meine Hose runter, und umschloss meinen Schwanz mit ihrer Hand, als wäre sie eine Expertin darin, wie man mich abspritzen ließ.

Um fair zu sein, die Empfindung ihrer lieblichen Finger um meinen Schwanz, wie sie genau richtig zudrückten, war mehr als wundervoll.

Der Griff einer Expertin. Sie streichelte die ganze Länge sanft am Schaft entlang, um die Eichel zu umschließen. Als ich dachte, ich würde verrückt werden vor Lust, meinen Schwanz in ihren heißen Mund zu schieben, lehnte sie sich vor und umschloss mich mit ihren süßen beerenfarbenen Lippen.

Mein Atem ging stoßweise, als sie ihren Kopf langsam über mich bewegte, die Lippen eisern um meinen Schaft geschlossen, während ihre Zunge mit der Eichel spielte. „Fuck, Emma. Warte."

Tat sie aber nicht. Sie nahm ihn ganz in sich auf, bis es nicht mehr weiter ging. Dort entschloss sie sich, wieder hochzukommen, und der Druck ihres Saugens war genau richtig, dass ich dachte, meine Knie würden unter mir nachgeben. Sie hielt ihre Hand, wo sie war, um die harte Länge dort zu halten, wo sie sie wollte, aber ich bezweifelte, dass ich mich trauen würde, mich von ihr wegzubewegen. Nicht, wenn Emma so verdammt gut im Blasen war.

Sie sagte nichts, protestierte nicht und bat mich nicht, aufzuhören. Sie bewegte einfach ihren Kopf an meinem Schwanz auf und nieder, bis ich sie wegdrückte. Ich wollte nicht in ihrem Mund kommen, ich wollte meine Ladung in ihre unglaublich enge Muschi pumpen. Ich stöhnte nur beim Gedanken daran.

Ich sagte nichts mehr, drehte sie nur um und sah, dass ihr Jackett bereits abgelegt war. Mit der Hand fuhr ich ihren Rücken entlang, streichelte die gerade Linie ihrer Wirbelsäule, bis ich bei ihrem Arsch ankam. Er wurde von ihrem Rock verdeckt, also raffte ich das Material zusammen und schob es hoch, fast enttäuscht, dass sie keine Unterwäsche trug. Mir hätte es gefallen, ihr diese vom Leib zu reißen.

Ich umarmte sie von hinten, atmete ihren zarten, sauberen Duft ein, als meine Finger ihre herrlichen Brüste fanden. Ich nahm sie in meine Handflächen und zwickte ihre Nippel mit meinen Fingern. Ihre Hüften bewegten sich zurück gegen mich, willig, begierig auf das, was ich ihr geben konnte. Sie war so unschuldig, so neu bei der Sache, aber das hielt sie nicht davon ab. Sie wollte die Dinge wissen, die ich ihr beibringen konnte, und wenn ich die Chance dazu hätte, würde ich genau das tun. Ich wusste, dass dies das letzte Mal sein könnte, sie zu berühren. Sie könnte weggehen und sich weigern, mich je wieder in ihre Nähe zu lassen, aber irgendwie bezweifelte ich das.

Ich wollte ihre Nippel mit meinem Mund verwöhnen und ihrem Stöhnen zuhören, während sich ihre Hüften an mir rieben, aber ich wollte auch in ihr sein. Emmas Muschi war wie keine andere Muschi, die ich je kennengelernt hatte. Sie war eng, feucht und so bereit für meinen Schwanz. Es war fast, als wäre sie für mich gemacht. Wenn ich es nicht besser wüsste, würde ich glauben, dass ihr süßer, aber, oh, so erotischer Körper tatsächlich nur für mich gemacht wurde.

Ich wusste, dass das unmöglich war, aber das hielt mich nicht davon ab, beschwingt zu glauben, endlich die richtige Muschi gefunden zu haben.

Ich kicherte und leckte ihre Wirbelsäule entlang, als sie ungeduldig wurde und sich gegen mich presste. Sie sagte nichts, aber das musste sie auch nicht.

Mit eifrigen Händen bewegte ich mich ihren Körper hinab, bis ich fast kniete. Meine Lippen folgten dem Pfad ihrer Wirbelsäule bis zu dem Ort, wo sich ihr Körper in zwei wundervoll runde Arschbacken teilte. Ich küsste jede Seite ihres Arsches und ließ meine Hände den Weg folgen, den meine Lippen zuvor genommen hatten.

Meine Hand glitt entlang ihrer Wirbelsäule, dann über die sanfte Kurve ihres Arsches und runter in den saftigen kleinen Honigtopf, der ihre Muschi war. Meine Finger glitten in ihre Falten, dann drangen sie in sie ein, tief in sie hinein. Meine Hand lag flach auf ihren Schamlippen und ich wusste, dass sie bereit für mich war.

Jetzt schon pulsierten ihre Muschiwände um meine zwei Finger, die ich in sie geschoben hatte; begierig, willig für was auch immer ich zu bieten hatte. Sie hatte mich vorhin angestarrt, ohne ein Wort zu sagen, aber jetzt sagte ihr Körper alles, was ihre Lippen nicht zu sagen vermochten. Ich fühlte, wie feucht sie war, wie absolut nass sie war, und erkannte die Wahrheit. Emma wollte mich so sehr wie ich sie.

„Ich wusste, du wolltest mich", spottete ich über ihr, bevor ich meinen Schwanz in sie rammte. Meine Hände hielten ihre Hüften fest, während ich hart in sie stieß, aber auf die Art, die ihr gefiel. Mein Arsch spannte sich an und die Muskeln in meinen Lenden wurden steif, während ich in sie rammte, schnell und hart, bis sie keuchte.

„Fuck!", stieß sie aus, aber es war ein Schrei absoluten Vergnügens. Emma gab endlich nach und gehorchte dem, was ihr Körper von ihr verlangte. Sie fickte mich zurück, wie ich sie fickte. Ich liebte das sanfte Gefühl ihrer Haut an meinen Händen, die Art, wie ihr runder Arsch an meine Lenden klatschte. Und mehr als alles liebte ich, wie bereitwillig ihre Muschi meinen Schwanz aufnahm.

Ich war noch nicht fertig mit ihr. Ich wollte sie nicht nur ficken und dann hängenlassen. Ich war nicht so ein Typ. Stattdessen glitt ich mit der Hand um sie herum, um ihren Kitzler zu reiben. Langsame, sanfte Kreise zunächst, gerade genug, um sie zum Aufstöhnen und ihre Muschi zum Pulsieren zu bringen. Ich liebte es, wenn sie das tat. Es fühlte sich an, als würde sie mich tief in ihrem Körper melken.

„Fuck, Kent. Verdammte Scheiße. Ich halte es nicht aus. Bitte, ich brauche mehr."

Das kleine, unschuldige Mädchen, das ich gerade auf die schmutzigsten Arten fickte, bettelte jetzt um mehr. Ich fühlte ein Ziehen in meinen Eiern und musste die Zähne zusammenbeißen, um nicht hier und jetzt in ihr zu explodieren.

„Mehr, Kent. Bring mich zum Kommen."

Ich stöhnte vor Befriedigung. Ich musste ihr nicht einmal sagen, dass sie betteln sollte. Sie war schlau, empfänglich und so begierig, zu kommen. Ich hatte noch nie eine Frau gesehen, die so dringend kommen wollte wie Emma. Das Problem war, dass ich kommen würde, bevor ich sie dazu bringen konnte, wenn sie so weitermachte. Sie machte Dinge mit mir, die ich gerade nicht bereit war zu erkunden.

Ich drückte sie langsam nach unten, bis ihr Gesicht auf dem Sofa auflag, und lehnte mich zu ihr, um ihre Muschi zu lecken. Ich wusste, dass sie das zum Kommen bringen würde – oder zumindest nah dran. Außerdem liebte ich die Art, wie sie schmeckte, und als ich ihren Kitzler fand, hielt ich sie mit einer Hand auf ihrer Hüfte an Ort und Stelle fest. Ich saugte an ihrer kleinen Perle, bis sich ihre Hüften aufbäumten und sie nach Erlösung stöhnte. Sie schrie, ich könnte tun, was ich wollte, solange ich nicht aufhörte, ihre Muschi zu lecken.

Ich hätte nie gedacht, dass es möglich wäre, so hart zu sein, ohne direkt abzuspritzen, aber ich stand es durch wie ein Profi. Als ich sie so weit hatte, unzusammenhängend nach mehr zu betteln, wusste ich, dass sie nah dran war. Mit geübter Leichtigkeit stand ich auf, führte meine Hand um sie herum, um ihre hungrige kleine Perle zu reiben und sie gleichzeitig zu ficken. Das brachte den gewünschten Effekt und sie schrie meinen Namen, als wäre es das einzige Wort, das sie kannte.

Ich fickte sie hart und schnell durch die krampfenden Wellen, die von ihrer Muschi ausgingen, und sie explodierte in einem weiteren Orgasmus. Ich ließ los. Meine Finger bohrten sich tief in ihre perfekten Hüften und ich vergrub mich in ihr bis zum Anschlag. Ich hätte unmöglich auch nur einen Millimeter mehr von meinem Schwanz in sie reinpressen können, als ihre Muschi jeden Tropfen meiner Ladung aus mir herausquetschte.

Meine Knie zitterten, während die Erlösung durch mich durchraste – alles in einem unglaublichen Moment. Ich konnte nicht atmen, ich war nicht sicher, ob ich gestorben war. Es war mir auch egal. Ich hatte Nirwana in Emmas wunderschöner, saftiger Muschi gefunden.

Ich brach neben ihr auf der Couch zusammen, meine Arme immer noch um sie gewickelt, meine Hose irgendwo verloren auf dem Boden. Ich hatte immer noch mein Shirt an und es war mir egal, dass es von meinem Schweiß durchtränkt war. Ich hatte eine weitere Kostprobe von Emma erhalten. Das einzige Problem war, dass ich jetzt nicht mehr aufhören konnte.

Kapitel Zwanzig
Kent

WIR MUSSTEN WIRKLICH aufhören damit, es wurde langsam lächerlich. Sie sollte den Vertrag unterschreiben, sonst nichts. Aber da war etwas an ihr, das mich dazu anspornte, sie wie ein Tier zu vögeln, jedes verdammte Mal. Ich musste mich wirklich unter Kontrolle bekommen.

Verdammt. Ich hatte gesehen, wie sie dasaß und an den Keksen knabberte, von denen Justine dachte, dass jeder sie mochte. Das war auch so, sie backte sie bei sich zu Hause und brachte mich damit oft in Versuchung. Aber ich aß seit der sechsten Klasse keinen Zucker mehr und hatte nicht vor, das zu ändern.

Ich war hineingekommen, hatte die Jalousien zugezogen und das war es dann. Emma zog sich nicht zurück und ich hatte sie mir genommen, wie ich sie mir auch in der einen Nacht genommen hatte. Wie ein verdammtes Tier ohne Kontrolle. Mein Problem war das, was danach kam. Ich verspürte ein Gefühl von Schuld und noch bevor ich meinen Mund öffnen konnte, um etwas zu sagen, wandte sie sich mir zu, während sie das letzte Teil ihres Anzugs anzog.

„Ich bin hergekommen, um den Vertrag zu unterschreiben. Also. Wo ist der Vertrag?"

Ich zog meinen Hosenstall zu und dachte, dass ich vieles war, aber kein Lügner.

„Ich hab dir gesagt, ich würde einen anfertigen lassen, und das ist genau das, was ich tun werde. Es ist nur ...“

„Ich will nichts weiter hören, Kent.“

Seit wann gingen wir so miteinander um?

Sie warf ihr Haar von links nach rechts, als wäre sie direkt aus einer Shampoo-Werbung entsprungen, und ein Teil von mir wollte laut loslachen, aber der andere Teil bewunderte die Tatsache, dass sie so schnell von völliger Selbstauflösung zu kompletter Kontrolle ihres Verhaltens übergehen konnte.

Ich ging zu meinem Schreibtisch, öffnete die Jalousien und wurde wieder professionell. Ich zog den Vertrag aus meiner Schublade und gab ihn ihr.

„Du kannst das selbst durchgehen oder einen Anwalt bitten, es für dich durchzugehen. Dort steht alles drin wie besprochen.“

Sie schüttelte den Kopf. „Glaub mir, ich habe vor, das zu tun.“

„Gut.“

„Gut“, wiederholte sie. Dieses Mal setzte sie sich nicht hin, sondern bewegte sich in Richtung Tür. Ich hätte sie fragen sollen, wann sie vorhatte, den Vertrag zu unterschreiben oder mir zurückzugeben. Ich wusste, dass ich kein Recht hatte, das zu fragen. Ich fühlte mich, als würde ich sie deutlich mehr brauchen als sie mich, und ich wusste, dass ich einmal in meinem Leben meinen Mann stehen und meiner größten Angst gegenübertreten musste. Das bedeutete, das Problem anzupacken, das ich viel zu lange schon gemieden hatte.

„Mom“, sagte ich, sobald sie das Telefon abhob.

„Kent. Wie geht es dir? Gut? Was ist passiert?“ Sie sorgte sich um mich. Ich fühlte mich wie ein egoistischer Schlappschwanz dafür, dass sie sich um mich sorgte, während ich mein Bestes tat, ihr aus dem Weg zu gehen.

„Mom, ich habe mich nur gefragt, wann du mal Zeit hast. Es ist lange her, seit wir zuletzt gesprochen haben.“

Ich konnte die Freudentränen fast hören. „Das würde mir wirklich gefallen! Wann kann ich dich sehen? Soll ich mich für dich zurechtmachen?"

„Mom, mach dir keine Gedanken darum ..."

„Ich freue mich nur, dass du kommst. Ich will nicht, dass du zu entsetzt bist, wenn du mich siehst. Darum weiß ich gerne, wann Leute vorhaben, mich zu besuchen. Ich hasse es, diesen Gesichtsausdruck bei ihnen zu sehen."

Ich nickte. Sie war eine so stolze Frau, sogar in Zeiten der Not, in denen sie ihren Sohn zu jeder Zeit an ihrer Seite hätte haben sollen.

Sie litt und sorgte sich trotzdem um mich. Ich fühlte mich wie ein Arsch. Ein Arsch, der seine Mutter verlassen hatte, als sie ihm mitteilte, dass ihr dasselbe Schicksal bevorstand wie das ihres toten Ehemannes. Der herumstolzierte mit viel zu großen Schuhen und den Gesichtsausdruck jeder Frau liebte, die aus Versehen darüber stolperte oder drauftrat.

Ein Kind.

Ein kleiner Junge.

Ein Stück Vergangenheit? Emma hatte mich verändert und ich kannte sie nicht einmal richtig – abgesehen von unserem Fick. Ich wusste nichts über sie.

Ich musste Jeff anrufen. Es gab so viel zu tun und so verdammt wenig Zeit dafür.

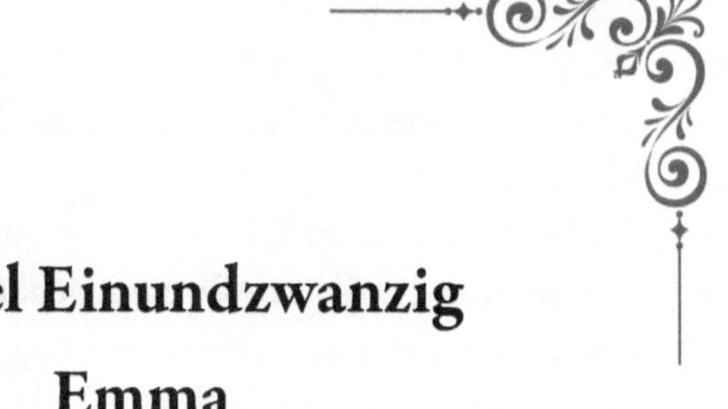

Kapitel Einundzwanzig
Emma

NANA MEINTE, SIE WÜRDE im Apartment auf mich warten, bevor sie uns verließ. Sie wollte sicherstellen, dass mit dem Vertrag alles glattlief, bevor sie ging. Außerdem fand ich heraus, dass Opa nur einsam war und sie vermisste; er war also nicht wirklich krank.

„Nana", lächelte ich, als ich am Apartment ankam und sie dort sitzen sah mit ihren gepackten Taschen, bereit, nach Hause zu gehen. Claire hatte ihr angeboten, in ihrem Zimmer zu übernachten, als Gail mit ihr gesprochen und ihr die guten Neuigkeiten überbracht hatte, dass ich weg wäre, bevor sie zurückkehrte.

Sie sagte nicht, dass ich in ihrem Zimmer übernachten dürfte, nur Nana. Für ein paar Tage. Ich fragte mich einen kurzen Moment lang, ob Claire und ich jemals Freundinnen sein könnten. Ich schien sie mehr zu nerven, als ich dachte, oder vielleicht mochte sie mich einfach nicht.

Wer wusste das schon?

„Warum schaust du so, Liebes? Hast du den Vertrag nicht bekommen?"

Ich wedelte damit vor ihrem Gesicht herum. „Doch, sieht auch alles gut aus. Scheint zumindest so. Ich hab ihn nur überflogen, als ich in der Bahn war."

Sie nahm meine Hand. „Warum siehst du dann so traurig aus?"

Zeit, zu gestehen.

„Na ja, wir haben irgendwie ..."

Sie verschluckte sich. „In seinem Büro?"

Ich nickte.

„Ihr beide könnt wirklich nicht die Hände voneinander lassen. Das erinnert mich an die Zeit, als Opa und ich uns kennenlernten."

„Was?", schnaubte ich. „Ich hatte immer geglaubt, ihr beiden wärt seit eurer Kindheit befreundet gewesen." Das, was Abe und ich hatten, bevor alles so schiefgelaufen und ich hierhergezogen war.

„Nein, Liebes, das ist nur die Geschichte, die wir der Familie erzählt haben. Schien besser anzukommen als die tatsächliche Geschichte. Keiner von uns wollte mit dem anderen zusammen sein. Natürlich sah Opa gut aus damals. Aber er war nicht mein Typ."

Ich sah sie verwirrt an. „Was meinst du?"

„Er hatte keine Vision. Er konnte sich kein Leben außerhalb von Minnesota vorstellen. Du weißt schon, der Typ, der denkt, dass das Farmleben das einzige Leben ist und es nichts Interessanteres gibt. Was liest du so? Ach, über die Farm. Worüber sprichst du so mit deinen Freunden? Über den Anbau. Was flüsterst du so, während du Liebe machst? Schafe und so."

Der letzte Teil brachte mich zum Lachen. „Schafe?"

„Oder Heu. Was weiß ich. Deren Version von Dirty Talk ging ausschließlich um das Farmleben, nichts anderes. Ich meine, die Dinge haben sich jetzt geändert, aber damals gab es nichts als Farmleben. Menschen auf der Farm. Tiere auf der Farm. Und das wars. Dann kam das Fernsehen und es gab endlich etwas anderes zum Reden, aber die Farmer blieben fast ausschließlich bei Sendungen über den Anbau."

„Nana, versucht du gerade, mich aufzuheitern?"

„Nein, ich versuche nur, dir zu sagen, dass das Leben nicht immer so wird, wie man es geplant hat. Das, von dem ich damals dachte, dass ich es wollte, war nicht das, was ich wirklich brauchte. Es hat eine Weile gedauert, das herauszufinden. Aber jetzt kann ich mir keinen anderen

Mann vorstellen, mit dem ich lieber mein Leben verbringen möchte, als Opa. Er entwickelte sich zu einem Mann, von dem ich niemals gedacht hatte, dass er es wäre ..."

Ich hatte das Gefühl, dass das sehr doppeldeutig war, aber ich wusste, dass sie mir sagen wollte, dass es ganz egal wäre, was heute passiert war – alles würde am Ende schon wieder gut werden. Ich musste loslassen und auf mein Bauchgefühl hören. Und das Gefühl sagte mir, wie ein Vögelchen zu singen. Etwas, das ich von Anfang an gewollt hatte und jetzt eben noch mehr.

„Emma, Liebes. Wenn du magst, kannst du mit mir zum Flughafen fahren."

„Es wird eine lange Reise nach Hause. Ich würde das gern tun und ich hatte nicht vor, dich allein fahren zu lassen, aber ich würde zu spät zurückkommen und muss morgen früh raus. Ich kann laut Vertrag morgen mit dem Proben beginnen und er hat bereits eine Pianistin und die Band angeheuert. Ich muss also nur da auftauchen und kann loslegen."

„Das nenne ich Kampfgeist", sagte sie mit einem wackeligen Lächeln.

„Ich wünschte, du könntest dabei sein", sagte ich, als ich ihre schlanke Gestalt fest an mich drückte.

„Wenn du mich weiterhin so zum Weinen bringst, ruinierst du noch mein Make-up und meine Frisur."

Ich zwinkerte. „Apropos, ich habe heute festgestellt, dass du wieder blond bist."

Sie wand sich aus meiner Umarmung. „Emma, Liebes, weißt du nicht, dass Blondinen mehr Spaß haben?"

Ich schüttelte meinen Kopf, denn ich war blond, wenn auch Straßenköter, und hatte nie Spaß. Vielleicht war das etwas, das ich angehen konnte. Schließlich war ich diejenige, die meine Zukunft in der Hand hielt, und bislang war ich nicht besonders gut darin gewesen.

Japp, ich würde endlich Spaß haben. Das war der Grund, warum ich ursprünglich in die Stadt gezogen war. Um Neues auszuprobieren und Spaß zu haben! Sobald ich das Geld bekam, würde ich ausrasten und Dinge tun, die ich schon tun wollte, seit ich Fuß in die Stadt gesetzt und eine mentale Liste erstellt hatte mit den Dingen, die ich machen wollte. Ich war zu ängstlich gewesen, alles runterzuschreiben, weil ich Angst hatte, ich wäre dann verpflichtet, sie zu tun. Jetzt, wo ich Geld haben würde, hatte ich endlich ein Lächeln im Gesicht.

„Also, hast du den Vertrag?", fragte Gail, als sie von der Arbeit nach Hause kam. Sie sah erschöpft aus und das erste Mal seit Langem entschied ich, dass ich für uns kochen würde.

Nana hatte mir etwas Geld zugesteckt, bevor sie gegangen war, und ich hatte ihr versichert, dass ich es ihr zurückgeben würde, sobald ich das Geld von meinem Auftritt hätte. Sie meinte nur, ich solle mir Zeit lassen, es ihr zurückzuzahlen. Ich hatte allerdings nicht vor, das zu tun, und versicherte ihr immer wieder, dass ich es ihr bald überweisen würde. Dieses Mal wusste ich zumindest, dass ich es würde zurückzahlen können. Dadurch fühlte ich mich deutlich besser, es auch auszugeben.

„Hab den Vertrag. Der Betrag ist deutlich höher als gedacht, aber ich habe nur wenig Zeit zum Üben. Ich fühle mich aber gut, dass ich ab jetzt jeden Tag einen Grund habe, aufzustehen. Keine Angst, ich habe den Vertrag in der Bahn überflogen. Aber jetzt liegt mein Hauptaugenmerk darauf, dir etwas Gutes zu tun."

Ihre grünen Augen strahlten. „Wirklich?"

Ich nickte und ging auf sie zu. „Ja, ich würde zur Abwechslung gern mal etwas Schönes für dich tun."

Sie umarmte mich und ich atmete ihr Chanel-Parfüm ein. Ich dachte daran, dass ihre Mitbewohnerin Claire bald zurück wäre und sehen würde, dass ich von der Couch runter war. Nicht, weil ich zurück nach Hause gegangen war, sondern weil ich mich weiterentwickelt hatte.

„Weißt du, du hast so viel für mich getan und mich nicht einmal aus deiner Wohnung geworfen oder aufgehört, mir Geld zu leihen. Wenn überhaupt, dann warst du immer meine persönliche Motivatorin. Sogar dann, wenn ich faul und selbstsüchtig war und überhaupt nicht daran dachte, was ich dir damit antat. Ich wette, Claire hat es dir meinetwegen nicht leicht gemacht."

Sie nickte. „Ich weiß, aber niemand ist perfekt und du bist meine beste Freundin."

Richtig. Ich hätte erwarten müssen, dass sie es so darstellte, als wäre ich nicht so schlimm gewesen. Aber sie brauchte mir nicht zu sagen, was ich bereits wusste; sie hatte außerdem so viel für mich getan, ich erwartete nicht, dass sie jetzt anfing, zu lügen. Immer, wenn ich zu den Vorstellungsgesprächen ging, dachte ich nicht mehr wirklich an sie; ich dachte nur daran, wie dringend ich den Job brauchte und endlich die Sachen kaufen konnte, die ich wirklich wollte. Das war so falsch von mir gewesen und ich bemerkte, dass ich keine gute Freundin gewesen war. Ich hatte vor, das zu ändern.

„Also, was gibt's?"

Ich stupste sie auf die Nase. „Das verrate ich nicht, also mach dich frisch, während ich den Tisch decke."

„Ist da noch etwas, das du mir sagen willst?", fragte Gail und hob misstrauisch eine Augenbraue.

Nun, statt mir den Vertrag zu geben, hat Kent mich in seinem Büro gefickt und wie schon in seinem Penthouse bekomme ich jetzt nicht mehr genug von ihm.

„Vielleicht." Ich zuckte mit den Schultern und hätte ihr erzählen können, was vorhin passiert war, aber ich wusste, dass uns das vom Essen abhalten würde, und eines wusste ich gerade genau: Ich liebte zwar das Kochen, liebte Patatas Bravas, Parillada de Verduras, Pollo Cajun, Lachs und Huevos Rotos mit Schinken, aber ich war am Verhungern. Wir waren mal in einer Tapasbar gewesen und ich erinnerte mich, dass das ihre Lieblingsgerichte waren. Es dauerte zwar etwas, um alles zuzubereiten, aber ich hatte ein gutes Gefühl. Zum Nachtisch gab es Schokokuchen, der allerdings schnell ging – ich liebte Backen.

Ich hoffte, dass es ihr schmecken würde. Ich wusste, dass ich es mochte. Und nach der zweiten Runde Dessert würde ich ihr alles erzählen, was heute passiert war.

„Starren wir uns weiter an, bis einer zuerst blinzelt, oder essen wir auch noch mal?"

Sie seufzte. „Okay, du gewinnst. Lass uns essen und danach will ich alles über deinen Tag erfahren."

Wir schüttelten die Hände.

„Abgemacht."

Ich rannte in die Küche, um den Tisch zu decken; der, der zusammengeklappt an der Wand stand, um mehr Platz in der Küche zu ermöglichen. Heute war es mir egal, ob ich auf dem Sofa oder sogar auf dem Boden schlafen musste, weil ich wusste, dass eher früher als später ein Bett in meiner Zukunft auf mich wartete. Ich fühlte mich glücklich und das war etwas, von dem ich dachte, dass es nur in Minnesota passieren könnte.

Oh Mann, was hatte ich falschgelegen!

Kapitel Zweiundzwanzig
Kent

ICH WOLLTE DAS ERSTE Mal in meinem Leben nicht wieder zurück. Ich wollte mich meinen Ängsten stellen und damit klarkommen. Fühlte ich mich dadurch besser? Verrückterweise tat ich das, weil ich wusste, dass es einfach erledigt werden musste.

Sobald ich einen tiefen Atemzug genommen hatte, hüpfte ich aus der Limo. Ich war überrascht, als meine Schwester aus der Tür zum Haus stürmte. Sie wartete bereits auf mich. Ich fragte mich, ob Mom sie angerufen hatte, um ihr zu sagen, dass ich kommen würde.

„Ich sehe, du hast dich entschieden, erwachsen zu sein und herzukommen, nicht war, kleiner Bruder?", fragte sie, als ich mich ihr näherte.

Ich hätte etwas Witziges sagen können, aber ich war nicht in der Stimmung. Ihre Einstellung mir gegenüber war eine, die ich verdiente. Sie schlang die Arme um mich.

„Es war wirklich ermüdend, all das hier allein zu machen. Ich bin froh, dass du hier bist."

Was meinte sie mit *allein*?

Ich zog mich aus ihrer Umarmung. „Wie geht es ihr?"

Sie nickte, während sie mit den Tränen kämpfte und meinem Blick auswich.

„Müde. Verängstigt. Sie beginnt morgen mit der Chemo. Sie fühlt sich schwach, aber der Arzt sagt, dass es nicht an den Medikamenten liegt, dass sie sich so fühlt. Eher die Nerven.“

„Verständlich“, murmelte ich. „Dad ging es genauso, als er damit anfing, auch wenn er immer versucht hat, es zu überspielen.“

Sie schüttelte den Kopf. „Nun, du weißt mehr darüber als ich. Er wechselte nie mehr als zwei Worte mit mir und hatte immer diesen enttäuschten Ausdruck auf seinem Gesicht.“

Ich wollte ihr versichern, dass Dad sie geliebt hatte und nie enttäuscht von ihr oder ihren Entscheidungen gewesen war, Männer oder allgemein, aber wir beide wussten, dass es eine Lüge gewesen wäre.

Er war kein Mann vieler Worte gewesen, aber seine Taten sprachen lauter als alles, was er jemals gesagt hatte. Wie das eine Mal, als sie mit einem Typen ausgegangen war, der sie betrogen hatte. Dad war derjenige gewesen, der ihn gezwungen hatte, sie zu verlassen und sie davor zu bewahren, es herauszufinden. Er hatte auch seinen Job verloren, als Dad herausfand, dass er unseren Familiennamen genutzt hatte, um die Karriereleiter zu erklimmen. Nicht, solange Dad etwas zu sagen hatte.

Oder ihre sogenannte beste Freundin, die meinte, sie wollte ein gemeinsames Geschäft eröffnen. Sie war in Wahrheit eine Betrügerin, die versuchte, so an eine Million Dollar zu gelangen – aber Dad brachte auch sie zu Fall. Sie wusste nie, wer sie hatte auffliegen lassen. Mit Hilfe eines Anwalts und meiner Story, dass sie auf den Bahamas wäre und meiner Schwester lediglich eine Nachricht hinterlassen hatte, auf der stand, sie hätte jemanden kennengelernt und würde das Geschäft nicht mehr aufziehen wollen, war es alles recht einfach gewesen. Es gab vieles, das sie nicht wusste – und das war gut so. Trotzdem hatte Dad ihr nie gesagt, wie er für sie fühlte. Er schien immer zu denken, dass es Moms Job wäre, uns zu lieben. Und sie war auch verdammt gut darin.

„Bist du soweit?", fragte sie flüsternd und der Trottel, der ich einst war, wollte aus der Tür rennen und rufen: ‚Nein, ich will verdammt noch mal hier weg!'

Sie hielt meine zitternde Hand und ihr beruhigender Tonfall ließ mich von einem nervösen Wrack zu jemandem werden, der die Welt aus den Angeln heben könnte. Ihre himmelblauen Augen wirkten trüb, als mir dämmerte, dass ich nicht der Einzige hier war, der Angst hatte. Ich war der einzige Mann in unserer kleinen Familie und ich musste langsam anfangen, mich auch so zu benehmen.

Wir schlenderten zum Haus und zu den Treppen. Ich sah die Angestellten, die mich normalerweise mit einem Lächeln begrüßten. Bald würde hier hoffentlich wieder Fröhlichkeit herrschen, aber jetzt gerade war dieser Ort still, während jeder alles Mögliche tat, um seine Arbeit bestmöglich zu verrichten.

Mom hatte ihre Brüste aufgrund des Krebses verloren, aber das hatte sie nicht davon abgehalten, während der Heilungsphase trotzdem ihre Wohltätigkeitsarbeiten zu verrichten und so weiterzumachen, als wäre alles normal. Jetzt aber wurde sie wieder auf den Boden der Tatsachen gerissen. Dieses Mal waren es die Eierstöcke. Wer wusste schon, was die Zukunft bereithielt? Ich wusste nur eines ganz sicher: Diesmal gab es kein Zurück. Ich war hier, um zu helfen, und vor allem, um zu bleiben.

„Lass uns zu Mom gehen. Morgen übernachte ich auch hier."

„Wirklich?", fragte Caroline.

Sie hielt auf der Treppe inne, ein ungläubiger Blick lag auf ihrem Gesicht. Ich ermutigte sie, weiterzugehen. Ich wollte Mom sehen. Ich würde diese Woche nicht zurück ins Büro fahren, wahrscheinlich nicht, bis ich das Gefühl hatte, dass ich dort gebraucht würde. Ich brauchte weder das Geld noch das Geschäft. Das Einzige, das ich brauchte, war in diesem Haus: Liebe.

Ich holte einmal tief Luft, als wir die Tür zum Schlafzimmer erreichten. Ich klopfte und hörte eine schwache Stimme auf der anderen Seite. „Komm rein."

Ich blickte auf die Frau, die seidiges Haar hatte wie Caroline, aber im Bett lag und sich nicht bewegen konnte. Ich rannte zu ihr hin. „Mom, es tut mir so leid! Ich bin jetzt da. Ich bin zu Hause. Ich werde dich nicht wieder enttäuschen."

„Lass uns die Vergangenheit vergessen und uns auf die Zukunft konzentrieren", flüsterte sie.

Ich lächelte, als mir die Tränen aus den Augen rannen. Ich hatte sie zurückgehalten, seit ich von ihrer Diagnose erfahren hatte, aber jetzt konnte ich sie nicht mehr aufhalten. Das erste Mal in meinem Leben ließ ich zu, meine Gefühle auszudrücken, denn ich wollte nicht enden wie Dad. Ich dachte, dass, wenn ich mehr wie er wäre, ich mehr der Mann sein könnte, von dem er wollte, dass ich es wäre. Aber er war nicht mehr hier. Die Frau, die mich liebte und sich um mich gekümmert hatte, als niemand sonst sich um den tollpatschigen Jungen scherte, der von seinem Fahrrad fiel, weil seine Brillengläser zu dick waren, brauchte mich jetzt. Ich wollte an ihrer Seite sein. Sie liebte mich und hatte nie aufgehört. Selbst, als ich ihr den Rücken zugedreht hatte; etwas, das ich nie wieder vorhatte zu tun.

Sie verdiente so viel mehr als das.

„Wir bekämpfen das hier gemeinsam."

Caroline umarmte mich von hinten und flüsterte: „Ja, gemeinsam."

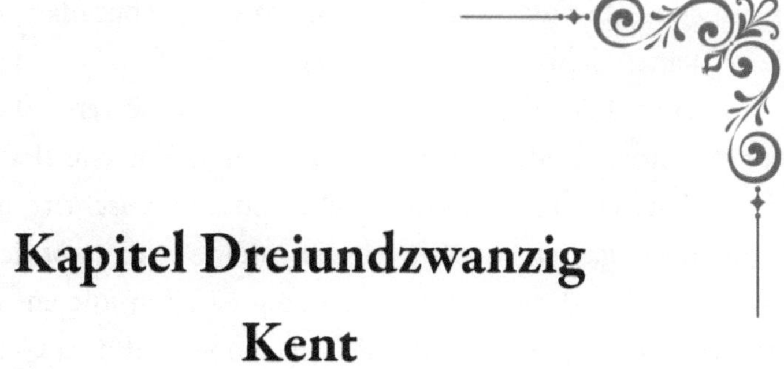

Kapitel Dreiundzwanzig
Kent

IN DEN LETZTEN PAAR Wochen war eine Menge passiert. Ich hatte mehr Zeit mit meiner Mutter verbracht als jemals zuvor und Emma hatte den Vertrag unterschrieben. Die Nacht der Party des Jahres war gekommen und ich fühlte mich besser, als ich je gedacht hätte, dass ich es könnte. Nicht, weil die Japaner endlich den Vertrag mit der Firma unterschrieben hatten, sondern weil die Dinge endlich so liefen, wie sie sollten.

Ich hatte einen Partykoordinator angestellt und sie machte einen ausgezeichneten Job. Meine Aufgabe war es, mich zu unterhalten und alles im Auge zu behalten, um sicherzustellen, dass alle lachten und Spaß hatten. Ich sah ein Pärchen, das in einen heftigen Streit ausgebrochen war, und ging hinüber, um sie abzulenken.

„Paul. Anne. Habt ihr das neue Aquarium schon gesehen, das wir in der Lobby aufgestellt haben? Es ist spektakulär." Ich wusste, dass beide öfter schon Tauchurlaube gemacht hatten und Fische liebten. Ich würde sie außerdem etwas aus der Öffentlichkeit locken können. Ich wollte sie nicht abwimmeln, es sollte lediglich eine Möglichkeit für sie sein, sich mit mehr Privatsphäre zu unterhalten. Es wäre niemand sonst in der Lobby.

Beide sahen mich irritiert an, aber lächelten, als ich wieder verschwand. Ich hatte vielleicht einen hitzigen Streit unterbrochen, dachte ich, und tätschelte mir mental die Schulter. Okay. Ich war noch nicht ganz über die Arschlochphase hinweg. Aber man veränderte sich ja in kleinen Schritten, nicht wahr?

Meine Gäste schwirrten umher, probierten Häppchen vom schwebenden Buffet, griffen nach Weingläsern von den Tabletts und unterhielten sich laut, als die Nacht weiter voranschritt. Ich hatte einen Komiker engagiert, der die Menge in eine feuchtfröhliche Stimmung versetzte, und dann eine Gruppe von Tänzern, die auf die Bühne im großen Garten strömten, der sich ganz oben auf dem Gebäude befand. Es war ein typisches New Yorker Ding, einen solchen Garten auf dem Dach zu haben, und es gefiel mir richtig gut.

Ich kam oft hier hoch, wenn ich auf der Suche nach etwas Ruhe und Frieden war, aber hatte ihn in letzter Zeit gemieden. Ich hatte zu viel im Kopf und meine Füße schmerzten zu sehr. Ich sah auf meine Schuhe, die ich trug, und musterte sie. Normale Schuhe, nicht ansatzweise so groß wie die, die ich sonst trug. Ich hatte endlich meine Lektion gelernt. Ich brauchte keine großen Schuhe, um Frauen abzuschleppen. Ich brauchte nur Selbstvertrauen und Ehrlichkeit.

All diese Besessenheit von Schuhen. Ich wusste jetzt, dass ich nur versucht hatte, in die Fußstapfen meines Vaters zu treten, und der war nicht gerade die Art Mann, die ich sein wollte. Er war ein guter Geschäftsmann gewesen, aber er war kein guter Mensch. Ich brauchte mich nicht an ihm zu messen. Ich musste nur ich sein.

Als ich endlich herausfand, was mich zufriedenstellen würde, was mich ganz fühlen lassen würde, machte ich mich an die Arbeit, das auch zu bekommen. Ich hatte meinen Frieden mit Mom geschlossen und einen Besuch bei ihr in meine tägliche Routine aufgenommen. Ich versteckte mich nicht vor ihrem Leid oder der Tatsache, dass die Krankheit sie umbringen könnte. Ich war da und ich stellte sicher, dass ich keinen Moment mit ihr als selbstverständlich ansah. Sie schlief viel, daher brauchte ich nicht jeden freien Moment mit ihr zu verbringen, aber selbst wenn – ich hätte es getan, wenn es das gewesen wäre, was sie wollte.

Sie wusste, was ich zu tun hatte, daher dachte ich manchmal, dass sie nur so tat, als wäre sie müde, damit ich mich nicht zu schuldig fühlte, zur Arbeit zu gehen. Ich hatte einige meiner Aufgaben an andere im Unternehmen delegiert, aber das war nur eine Lösung auf Zeit und sie wussten es. Das Unternehmen gehörte immer noch mir.

Caroline schaffte es, mit dem Trinken aufzuhören, und achtete mehr auf sich selbst. Sie war hier auf der Party, in einer atemberaubenden blauen Robe mit schwarzen Pfauenfedern. Sie hatte ein paar Blicke auf sich gezogen heute und ich war mir sicher, dass das ihr Ziel gewesen war. Niemand wollte gern allein sein. Jeder war mal einsam, sogar ich.

„Hey, Kumpel, wie geht's?" Ich hörte, wie Jeff nach mir rief, als er auf mich zugelaufen kam, um mich zu begrüßen. Sein schwarzer Anzug sah wie immer perfekt an ihm aus.

„Mir geht's gut, Jeff, wirklich gut."

Er starrte mich verblüfft an und ich wusste nicht, warum.

„Was ist?", fragte ich irritiert.

„Ich glaube, das ist das erste Mal, dass du das je zu mir gesagt hast."

Er starrte runter auf meine Füße und seufzte, aber es war ein zufriedenes Seufzen. „Sie ist schuld, nicht wahr?"

„Ist sie", nickte ich, schaute auf meine Schuhe und grinste. „Warte nur, bis du sie auf der Bühne siehst. Dann verstehst du bestimmt."

„Ist sie die Nächste?", fragte er und wandte sich zur Bühne um. Die Tänzerinnen waren verschwunden und gleich wäre Emma dort.

„Japp." Der DJ, den ich angeheuert hatte, kam auf die Bühne und räumte auf, damit die Musiker ihre Instrumente aufstellen konnten. Es dauerte nur ein paar Momente, dann wurden die Lichter des Gebäudes gedimmt und ein Scheinwerfer wurde auf die Stelle ausgerichtet, auf der Emma bald stehen würde.

Ich begann schon, mir Sorgen zu machen, als sie endlich auftauchte. Der DJ kündigte sie an und sie trat raus in das Licht. Sie trug ein einfaches weißes Seidenkleid, das bis zum Boden um sie floss wie Wasser. Es hatte keine Ärmel und saß einfach perfekt.

Ihr Gesicht war kunstvoll geschminkt, nicht zu viel, aber ihre blauen Augen wurden definitiv verführerisch in Szene gesetzt.

„Vielen Dank, dass ihr alle heute hier seid." Ich hörte ihre Stimme, die geschmeidig wie Whiskey über das Mikrofon erklang. „Ich beginne heute Abend mit einem Song, an den ihr euch vielleicht erinnert. Er wurde von Lana Del Rey gesungen und heißt ‚Young and Beautiful'."

Ich wusste, dass sie die meisten Dinge, die in diesem Song erwähnt wurden, nicht getan hatte. Die Dinge, die den Song zu einem Lied über Schönheit, aber auch Akzeptanz machten. Ich wollte sicherstellen, dass sie all das erleben konnte, was sie wollte. Ich musste nur hoffen, dass ich es nicht vermasselte, wenn ich später mit ihr sprach. Ihre Stimme schwebte über die Dachterrasse und die Leute hielten inne, um ihr zuzuhören.

Emma fesselte ihr Publikum, wie ich es noch nie zuvor gesehen hatte, und ich wusste, dass sie eine großartige Zukunft vor sich hatte. Aber dann wiederum hatte ich das schon geahnt, als sie das erste Mal in meinem Büro gesungen hatte.

Sie behielt die Aufmerksamkeit des Publikums während einiger weiterer Lieder und ließ sie mitsingen, als sie kurz vorm Ende ihrer Vorstellung war. Die Party beruhigte sich langsam etwas und ich wusste, ich könnte endlich meine Rolle als Gastgeber etwas vernachlässigen. Ich ging auf ihre Garderobe zu und holte auf dem Weg die Blumen, die ich für sie gekauft hatte. Weiße Rosen, eine Farbe, die für Frieden stand. Ich hoffte, sie sah das genauso.

„Hey, darf ich reinkommen?", rief ich laut, als ich vor der angelehnten Tür stand.

„Klar." Ich hörte die Überraschung in ihrer Stimme und betrat den Raum. Sie hatte mich nicht erwartet. „Was kann ich für dich tun, Kent?"

„Es gibt da ein paar Sachen, die ihr dir erklären möchte, wenn du mir fünf Minuten deiner Zeit schenkst." Ich setzte mich auf den Tisch vor dem großen Spiegel im Ankleidebereich.

„Ich weiß nicht, Kent. Schau, das, was wir getan haben, hat Spaß gemacht, aber wir kommen aus unterschiedlichen Welten", sagte sie, aber ich legte meinen Finger auf ihre Lippen.

„Ich mache dir keinen Antrag, Emma. Komm runter." Ich grinste, als ich bemerkte, wie ihre Augen größer wurden und sich dann beruhigten. „Ich möchte dich nur fragen, ob du mit mir ausgehen willst. Gib mir eine Chance, lass uns schauen, wo das hinführt. Ich liebe das, was wir getan haben. Ich liebe es, wie du mich fühlen lässt, und ob du es glaubst oder nicht, du hast mich bereits zu einem besseren Menschen gemacht. Du hast eine Leere gefüllt, von der ich nicht wusste, dass sie existierte. Ich möchte dich nur um die Chance bitten, das noch ein wenig weiter zu erkunden. Bitte?"

Sie starrte mich aus ihrem Stuhl heraus an, ihre unschuldigen blauen Augen immer noch süß und perfekt. Wie konnte sie nur immer noch so unschuldig blicken, wenn ich genau wusste, wie es sich anfühlte, wenn sie über meinen Schwanz kam und die dreckigsten Sachen in meine Ohren stöhnte? Ich liebte es.

Ich liebte sie vielleicht auch. Wer zur Hölle konnte das schon so genau sagen? Ich hatte nie jemanden wie sie erlebt, nicht so wie jetzt. Ich wollte Dinge mit ihr tun, die ich nie mit jemandem sonst getan hätte. Mehr als alles andere wollte ich eine Chance bei ihr, wenn sie sich nur entschließen würde, mir eine zu geben.

„Kent ..." Mein Herz sank. Irgendwie wusste ich, dass sie mich abweisen würde. Ich war ein Arsch zu ihr gewesen, natürlich würde sie Nein sagen. Es hätte keine Überraschung sein sollen. „Ich glaube ... Vielleicht ..."

Sie blies die Luft aus ihren Wangen und sah mich verschwörerisch an. „Okay."

„Wirklich?", fragte ich, gelähmt vor Unglauben.

„Beruhig dich. Ich mach dir keinen Antrag, Kumpel." Sie warf mir meine eigenen Worte zurück an den Kopf und ich lachte. „Ich kann behaupten, dass ich oft an dich gedacht habe."

„Und ich kann nicht aufhören, an dich zu denken, Emma." Ich wusste, dass ich kindisch klang, aber es war die Wahrheit. Und von jetzt an würde sie nichts als die Wahrheit von mir hören. Ich hatte sie nie angelogen, nicht wirklich, aber von jetzt an würde sie ausschließlich die echte, ehrliche Wahrheit hören. Ich musste ehrlich sein mit den Menschen, besonders mit Emma.

„Ich kann nicht aufhören, an dich zu denken, Kent." Sie lehnte sich zu mir herüber, bis unsere Gesichter nah beisammen waren.

Unsere Blicke trafen sich und ich wusste, dass dies der Moment war, an den ich mich für den Rest meines Lebens erinnern würde. Sie hatte gerade einen der aufregendsten Momente ihres Lebens erlebt, die Leute lagen ihr zu Füßen, aber hier, jetzt, sah ich etwas anderes in Emmas Augen. Ich würde mich für immer an das glückliche Strahlen in ihrem Blick erinnern, an das kaum zurückzuhaltende Feuer in ihrem Inneren, das lichterloh brannte.

Ich schielte auf ihre Lippen, begierig darauf, sie zu küssen, aber ich wartete auf sie. Sie sollte den ersten Schritt machen dieses Mal. „Ich möchte dich gern besser kennenlernen, Kent James."

„Das lässt sich einrichten, Emma." Und dann sagte ich nichts weiter, denn ihre Lippen pressten sich unschuldig auf meine. Ich hielt den Atem an und wartete auf das, was sie bereit war, mir zu geben.

Ihre Finger vergruben sich in meinem Haar und sie zog sich zurück. Ich starrte in ihre Augen und sah ihr Lächeln. „Also, was hat es mit diesen kleinen Schuhen auf sich, die du trägst?"

Ich fühlte, wie meine Wangen brannten, aber ich sah nicht runter. „Das erkläre ich dir später. Küss mich noch mal, Emma. Bitte."

Es war mir egal, dass ich derjenige war, der bettelte. Alles schien irrelevant im Vergleich mit dem großen Ganzen.

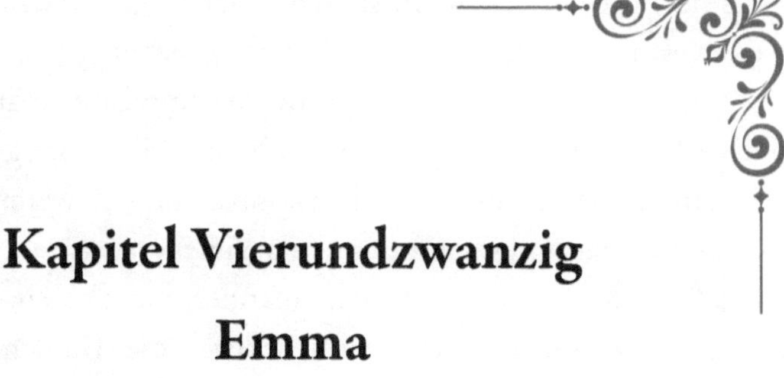

Kapitel Vierundzwanzig
Emma

ICH FOLGTE KENT, ALS er mich in sein Penthouse führte. Ich hatte die unglaublichste Erfahrung überhaupt gemacht heute auf der Bühne. Ich fühlte mich wie eine Göttin, als ich mein Ein und Alles in jede Note legte, die ich sang, und die Schreie der Zustimmung sowie das Klatschen hatte mir gezeigt, dass ich meinen Job gut gemacht hatte. Ich war aus dem Häuschen und wie benommen, als ich zurück in meine Garderobe eilte. Gail war außerhalb der Stadt mit ihrem Noch-nicht-Freund und daher war ich alleine im Zimmer. Bis Kent reinstürzte und all das offenbarte.

Er hatte mich sogar noch mehr schockiert mit seinem Angebot. Ich sollte mit ihm ausgehen? Meinte er das ernst?

Er war ein totaler Arsch zu mir gewesen und hatte mich mehr als einmal zum Weinen gebracht. Und dann gab er mir die Chance meines Lebens. Ich konnte ihn nicht abweisen, aber ich musste darüber nachdenken. In seinen Augen konnte ich sehen, dass sich etwas verändert hatte. Er schien mit sich selbst im Reinen zu sein, er wirkte ruhig und glücklich.

Ich wollte diesen neuen Mann besser kennenlernen – und hier war ich nun. In dem Moment, in dem er mich in sein Apartment ließ, fand ich mich in seinen Armen wieder und mein Körper sank entspannt gegen seinen, als ich endlich das fand, was ich so verzweifelt in meinem Leben vermisst hatte.

Hier war endlich mein sicherer Hafen, ein beschützter Ort. Ich wusste es, aber ich konnte es noch nicht zugeben.

Innerhalb von Sekunden fühlte ich seine Lippen auf meinen und unsere Hände verschlangen sich, während wir begierig unsere Körper erforschten. Als wir uns endlich etwas beruhigten, waren meine Hände in seinem Haar und seine auf meinem Arsch.

Wir entfernen uns kurz voneinander, um uns ein letztes Mal in die Augen zu sehen, bevor er mich durch die Tür schob, die in sein Schlafzimmer und zu dem Bett führte, das ganz offensichtlich mit Hintergedanken gekauft wurde, weil es so groß war.

Unsere Kleidung verschwand und sobald wir unter den Laken waren, kniete ich mich über Kents gemeißelten Körper, unsere Münder hungrig miteinander verschmolzen.

Ich zitterte vor Aufregung, mein Verlangen vermischte sich mit einer hoffnungsvollen Glückseligkeit. Meine Beine schlangen sich eng um seine Hüften, meine Lippen fest auf seinem Mund.

Ich erlaubte mir selbst keine ablenkenden Gedanken, die in diese Welt eindrangen, die wir uns erschaffen hatten, beleuchtet nur von einer kleinen Nachttischlampe. Es war wie eine Märchenwelt hier in der Dunkelheit seines Zimmers. Ich konnte tun, was immer ich wollte, und niemand könnte mich aufhalten. Gut, Kent könnte das natürlich, aber ich bezweifelte, dass er das tun würde.

Ich beugte mich über seinen Hals und knabberte sanft an Kents Haut, gerade genug, um ihn auf meinen Lippen und meiner Zunge zu schmecken. Ich hatte fast vergessen, wie gut er schmeckte. Salzig. Eine Mischung aus schwerem Parfum und seinem männlichen Geschmack. Ich schwelgte einen Moment darin, dann ließ ich meine Finger über seine Haut gleiten, von seinem Schlüsselbein bis zu seiner Lendengegend. Ich war hin und weg von dem Gefühl seiner seidigen Haut und wie weich sie sich unter meinen Fingern anfühlte. Ich war nicht sicher, was ich erwartet hatte, aber ich hatte auch noch nie vorher die Chance gehabt, ihn so zu erforschen.

Meine einzige andere Erfahrung mit einem Mann hatte mich gelehrt, dass Männer eine raue Haut hatten, aber nicht so Kent. Seine war seidig und weich, wirklich herrlich.

Meine Augen genossen seinen Anblick, begierig darauf, jeden Zentimeter von ihm zu erkunden. Ich hatte ihn als Arschloch abgeschrieben, aber jetzt wusste ich, dass er nur bei seiner kranken Mutter gewesen war. Dass er herausgefunden hatte, wie es war, sich erwachsen zu verhalten und nicht wie ein Kleinkind. Er hatte mir auf dem Weg zu seinem Penthouse eine Menge erklärt und nun, na ja, nun war ich aufgeregt, den Mann kennenzulernen, der sich mir diesen Abend präsentiert hatte.

Ich wusste, dass Gail vor Freude wie ein Teenager quieken und hüpfen würde, sobald sie es herausfand. Sie hatte ihn zwar zuerst gewollt, aber sie wollte ihn nur ficken. Ich hatte dasselbe getan, aber gut, ich hätte auch nicht gedacht, dass ich es wert gewesen wäre, eine Beziehung mit ihm zu führen. Er hatte mich aber schnell eines Besseren belehrt.

Dann berührte er mich und, oh, seine Berührungen. Das war die eine Sache, die mir garantiert nie langweilig werden würde. Dieser Mann wusste genau, wie er mich anfassen musste. Er wusste, wie er mich zum Vibrieren bringen konnte – oder zum Stöhnen. Ganz besonders, wie man mich zum Wimmern brachte mit nur einem einzigen Streicheln seiner Finger. Mein Körper verbog sich instinktiv bei jeder seiner Berührungen, während er nach der Möglichkeit lechzte, noch mehr Hautkontakt herzustellen.

Kents starke Hände hoben mich an, damit er mich im sanften Licht der Lampe anschauen konnte. Mit einem zufriedenen Seufzen fuhren seine Finger jeden Teil meines Körpers entlang, von meinen Wangen über meine Lippen, wo seine Finger über mein geschwollenes Fleisch strichen, dann über meinen Hals, um schließlich meine beiden Nippel zu umkreisen.

Ich schauderte, als seine Finger meinen Körper hinabglitten, beide Hände fuhren über meine Hüften, meine Taille und über meinen Arsch. Seine Hände schlossen sich um meine Arschbacken und er zog mich hart auf seine Hüften, sodass mein Kitzler über seinen Schwanz rieb.

Ich verdrehte meine Hüften auf ihm, hielt seinen Schwanz in meinem Schlitz gefangen, während er meine Hüften vor- und zurückbewegte und wir beide vor Vergnügen stöhnten.

Die Empfindungen waren unglaublich und ich hatte keine Ahnung, dass es sich so gut anfühlen konnte. Wir fickten noch nicht einmal, aber verdammt, es war unglaublich. Nicht lang danach keuchte ich seinen Namen. Es war eine Warnung und eine Bitte gleichzeitig, ich war so nah dran, meinen Höhepunkt zu erreichen.

Ich wollte ihn in mir, aber seine Hände hielten mich an Ort und Stelle fest.

„Lass mich dich anschauen, Emma. Komm für mich, Baby. Lass mich dein Gesicht sehen, während du über uns beiden kommst", wies er mich sanft an – die ersten Worte, die er gesagt hatte, seit wir in sein Schlafzimmer gekommen waren.

Es war mir egal, wie ich kam, weil Kent mir bereits beigebracht hatte, dass es mehr als eine Art gab, einen Orgasmus zu erleben. Und wenn es das war, wie er mich kommen sehen wollte, dann würde ich ihm das zugestehen.

Ich lächelte ihn an, auf seinem Gesicht lag ein Ausdruck absoluter Faszination.

Ich wollte sein Gesicht neben mir, über mir, zwischen meinen Schenkeln, für immer. Ich war zwar nicht wirklich bereit, über ein Fürimmer nachzudenken, aber es könnte genauso gut sein Gesicht sein, das ich bis ans Ende aller Tage sehen wollte. Vielleicht. Ich grinste ihn schelmisch an und begann, mich schneller zu bewegen.

Mit einem stolzen Grinsen fing er an, seine Hüften an meinem nassen Zentrum zu reiben, immer und immer wieder, mit genau dem richtigen Druck. Seine geschwollene Eichel rieb an mir, bis ich die ersten Zuckungen fühlte und meinen Rücken durchdrückte. Meine empfindlichen Brüste hüpften in der Luft, bis er seine Hände darum schloss.

Er sah mir zu und bewunderte, wie sich mein Körper verbog, als das Vergnügen wie ein Donnerschlag durch meinen Körper zuckte und meinen Gesichtsausdruck veränderte, während meine Hüften in einem animalischen Tanz gegen seine zuckten.

Ich sank auf seine Brust, als die Zuckungen schließlich aufhörten, und Kent umarmte mich sanft, hielt mich an dem Ort, wo sein Herz wie wild schlug. Es hämmerte wie ein Presslufthammer, aber trotzdem gleichmäßig, während er darauf wartete, dass ich bereit war für das, was er als Nächstes vorhatte. Ich lauschte seinem Herzschlag und kam langsam wieder zu Atem, während ich mir jeden Herzschlag einprägte, bis ich wusste, ich würde ihn nie vergessen. Es war immerhin der Klang seiner Lust.

Ich war unsicher, was wir tun würden. Ob das hier eine echte Beziehung werden könnte oder wir schließlich unsere eigenen Wege gehen würden. Aber ich wusste auch, ich konnte jetzt keinen Rückzieher machen. Ich wusste, ich würde nie aufhören, das zu wollen, was er mir geben konnte. Es war nicht nur das Vergnügen, er gab mir auch das Selbstvertrauen, das ich brauchte. Ich hatte ihn heute im Publikum gesehen, so verdammt stolz auf mich. Ich hatte gesehen, wie er mich seinen Freunden gezeigt hatte und wie er vor Ehrfurcht verstummte, als ich sang, als würde es kein Morgen geben.

Ich war nicht mehr das kleine Mädchen vom Land, das vor all diesen Monaten in die Stadt gezogen war. Ich hatte es schon vermutet, auch wenn ich nicht so nonchalant über Sex reden konnte wie Gail: Das Bild, von dem ich dachte, dass meine Zukunft so aussehen müsste, war nicht mehr das, was ich wollte. Ich wollte singen. Ich wollte Kent ficken und ich wollte herausfinden, was er anzubieten hatte. Wenn er mich auf diesem Weg begleiten wollte, würde ich seine Gesellschaft begrüßen.

Ich kicherte fast, als ich darüber nachdachte. Ich hatte viel zu viel Elle King gehört in letzter Zeit, weil ich in meinem Herzen wusste, dass das, was ich wirklich wollte, genau das war, was ich bekommen hatte. Kent bei mir, Hand in Hand, mit einer Entschuldigung auf seinen Lippen, während er mich bat, seine Freundin zu sein. Und genau das war eingetreten. Die Welt war gerade perfekt.

Ich begann mich auf seiner Brust zu bewegen, und er nutzte den Moment, um mich mit seinem muskulösen Körper unter sich zu ziehen und umzudrehen, sodass ich unter ihm lag. Ehrlicherweise einer meiner Lieblingsplätze.

Er drückte meine Schenkel auseinander und ich öffnete sie bereitwillig, um ihn zwischen mich zu lassen, während er seinen Mund an meinen brachte. Ich wollte ihm sagen, wie glücklich ich war, aber ich konnte nicht sprechen; ich konnte es ihm nur zeigen. Meine Zunge tanzte mit seiner und ich atmete seinen Duft ein, als er den Kuss leidenschaftlich vertiefte.

Er entfernte sich nicht von mir, aber ich fühlte, wie er seine Hüften gegen mich drückte, bevor er in mich eindrang. Wir beide unterbrachen den Kuss und stöhnten unser Verlangen laut heraus. Es war ein süßes Vergnügen, als er mich öffnete, und eine verrückte Empfindung, aber ich liebte es.

Ich hörte, wie er scharf einatmete und seinen Rücken durchbog, als er das Vergnügen meiner nassen Hitze spürte, die sich um ihn wand. Dies war wahrscheinlich das erste Mal, das ich Liebe machte und nicht nur fickte. Ich konnte erkennen, dass auch er sich selbst erlaubte, mehr zu empfinden als nur unsere Berührungen. Das erste Mal erlaubte er sich selbst, seinen Emotionen freien Lauf zu lassen, als er in mich eindrang.

Ich starrte zu ihm hinauf und keuchte, als seine Augen mit meinen Kontakt aufnahmen.

„Ich werde so gut zu dir sein, Emma, ich schwöre es dir." Er unterbrach sein kontinuierliches Stoßen nicht, äußerte nur sein Versprechen, als unsere Blicke vor Hitze miteinander verschmolzen.

„So geht es mir auch, Kent." Meine rechte Hand streichelte seine Wange und er legte den Kopf schief, um meine Berührung zu vertiefen. Ich fühlte, wie seine Lippen über meine Handfläche strichen, bevor er sich wieder fing und tiefer, dringlicher in mich stieß.

Ich wickelte meine Beine um seine Taille, damit ich mich im Einklang mit ihm bewegen konnte, ihn tiefer in mich lassen konnte, in mein Heiligtum, das nun ihm gehörte. Ich fühlte ihn in mir, um mich herum, und ich konnte die schlüpfrige Nässe hören, die unsere aneinanderreibenden Körper erzeugten. Ich konnte sogar den Geruch unseres Schweißes riechen, als wir für die ultimative Erlösung zusammenstießen. Kent erfüllte sämtliche meiner Sinne mit sich. Von dem Ausdruck in seinen Augen, als er meinen Blick suchte, bis hin zum schwindenden Stöhnen, das seinem Mund entschlüpfte, als er sich dem Abgrund näherte.

Mit sanfter Fürsorge glitten meine Hände seinen Rücken hinab, wieder hinauf und zu seinem Gesicht, um es zu umfassen. Er wendete seinen Blick nie ab, als ich nach Luft schnappte, während er versuchte, sich selbst noch zurückzuhalten. „Lass dich fallen, Kent. Gib mir dein Vergnügen. Gib dich mir hin."

Ich bemerkte seinen unsicheren Gesichtsausdruck, ein kurzer Moment des Zweifelns, weil er mich zum Kommen bringen, aber ich ihn gleichzeitig bei seiner Erlösung ansehen wollte. Ich wollte all das, was er mir gegeben hatte, aufsaugen – mit all meinen Sinnen.

Er bewegte sich, stöhnte in hilfloser Lust, als ich auch keuchte – ein Geräusch aus den Tiefen meines Körpers. Ich fühlte, wie er noch einmal in mich rammte, diesmal in einem neuen Winkel, tiefer, an einen anderen Ort, der mich in den Wahnsinn trieb.

„Nicht ohne dich, Emma. Ich kann nicht." Er stöhnte die einzigen Worte, zu denen er fähig war.

Ich konnte mich ihm nicht länger verweigern, weil ich mir so selbst mein Vergnügen verwehrte, und suchte nach meinem Kitzler, damit ich schneller auf seine Höhe emporsteigen konnte. Kent überraschte mich allerdings, denn seine Finger fanden die genau richtige Stelle, lang bevor meine Hand angekommen war.

Ein paar präzise Streicheleinheiten seiner Finger über die harte Knospe schickten mich ins Nirwana, ich war im freien Fall, als ich seinen Namen schrie. Kent ließ den Moment nicht ungenutzt verstreichen. Er verdrehte seine Hüften in mir, trieb sich selbst immer und immer wieder in mich hinein, während die Wellen über mir zusammenkrachten, bis ich dachte, ich würde ertrinken.

Ich hätte schwören können, dass die Worte ‚Du gehörst mir‘ zwischen seinen zusammengebissenen Zähnen kamen, als sein Schwanz ein letztes Mal in mich tauchte. Meine Hände krallten sich in seinen Rücken und es war mir egal, ob meine Nägel seine Haut verletzten, während er in mich hämmerte. Ich musste ihn zum Höhepunkt bringen, damit ich noch einmal kommen konnte. In diesem Augenblick war ich kaum mehr als ein Tier und das war okay, denn ich war bei Kent. Ich konnte so sein, wie ich war. Ich konnte frei sein, weil ich bei ihm war. Genau so wollte er mich – wild und frei.

Ich saugte an seiner Zunge, als ich mich selbst noch einmal auf seinem Schwanz aufspießte, meine Zähne kratzten über sein zartes Fleisch. Ich griff ihm an den Arsch, rieb mich an seinen Hüften und versuchte ihn zu zwingen, noch tiefer in mich zu pumpen. Ich war verzweifelt, ich brauchte es, als mein Körper mich überraschte und mir einen Orgasmus schenkte, der überwältigender war als alles andere zuvor. Ich war weggetreten. Ich existierte nicht mehr. Um mich herum gab es nur noch Dunkelheit, Kents Schwanz und mein leeres Gehirn, als ich mit lauten Schreien ein wortloses Etwas in die Nacht brüllte. Ich existierte nicht mehr. Es war egal. Alles war gut.

Meine Augenlider flatterten auf, als mein Körper explodierte, aber irgendwie schaffte ich es, im Bett zu bleiben, wo ich krampfend und zitternd wieder zu mir kam, als Kent mit einem finalen, animalischen Stoß in mich eintauchte, den ich noch lange fühlen würde. Wir umschlangen uns, meine Schreie und sein heiseres Stöhnen vermischten sich, als wir gemeinsam in die Nacht entflogen und für einen Moment wirklich eins waren.

Kent stieß noch ein paar Mal in mich, unwillig, das hier zu beenden, noch nicht, und irgendwas in mir platzte. Ich wusste, dass wir auf dem falschen Fuß angefangen hatten, aber meine Instinkte sagten mir, dass ich den Mann meiner Träume gefunden hatte, dass dies hier der Beginn von etwas war, von dem andere Leute träumten. Was bedeutete, dass meine Träume endlich wahrgeworden waren.

Epilog

Emma

DAS LEBEN HATTE EINE merkwürdige Weise, sich komplett zu verändern, und ich wusste nicht, ob mich das lachen oder weinen lassen sollte. Die Auftritte, einer nach dem anderen, zahlten sich langsam aus. Ich wurde für viele private Veranstaltungen gebucht und brauchte bald eine Assistenz, um mir zu helfen, nicht nur die Livebands zu organisieren, sondern auch alle Aufgaben zu meistern. Bald schon war meine Angst, vor anderen Menschen zu singen, Geschichte.

Genau wie Kents Ruf bezüglich seiner Schuhe.

Ich ging sogar zurück nach Hause, um Abes Hochzeit beizuwohnen – mit Kent an meiner Seite. Wir behandelten einander mit Respekt und Freundlichkeit und er war überrascht über meine Glückwünsche, während Kent stolz neben mir stand und meine Hand hielt, als ich sang. Es war der Brautsong, zu dem seine Braut langsam zum Altar schritt. Sie sah wunderschön aus und ich war mir sicher, dass sie eine rosige Zukunft vor sich hatten. Es gab Gerüchte darüber, dass sie schwanger sein könnte, und genau das bestätigten sie, nachdem sie aus den Flitterwochen zurückgekommen waren.

Es wirkte, als hätte ich auf Gail abgefärbt, denn sie ging jetzt mit jemandem aus. Sie nannte es Two-Night-Stand, dann Three-Night-Stand und nun zögerte sie immer noch, zuzugeben, dass sie in einer Beziehung waren. Aber kommt Zeit, kommt Rat. Bald hätte sie keine andere Wahl, als es einzusehen. Sie war glücklich und das war alles, was zählte.

„Warte, was machst du?"

Ich schaute Kent fragend an, der eine große Kiste aus seinem Penthouse trug. Er war den ganzen Tag schon herumgetigert, wollte nicht ins Büro, behauptete, dass er mehr Zeit mit mir verbringen wollte. Aber ich wusste, was wirklich in seinem Kopf vorging. Seine Mom.

„Ich werde die hier wegschmeißen. Das ist der Rest von den Schuhen. Dann fahre ich nach Hause, um nach Mom zu sehen."

Ich ging auf ihn zu und dachte, dass mein Song noch warten könnte. Ich hatte versucht, ein neues Genre auszuprobieren: Balladen waren toll, aber ich wollte etwas Schmissigeres. Irgendetwas, das die Leute aus ihren Stühlen und auf die Tanzfläche zog.

„Wie geht es ihr?"

Er nickte. „Die Chemo schlägt gut an und ich glaube, sie wird in Windeseile wieder zu Hause sein. Vielleicht werde ich da etwas Zeit mit ihr verbringen. Du bist natürlich eingeladen, mitzukommen."

Ich lächelte, als er die Kiste fallenließ, und wickelte meine Arme um seinen Hals. Ein Jahr mit ihm war eine wilde Fahrt gewesen, zumindest am Anfang, aber als ich ihn besser kennengelernt hatte, nicht nur die Fassade des Unnahbaren, sondern die sensible Art, wurde ich immer sicherer, dass ich ihn liebte. Er war derjenige, der geweint hatte, als er hörte, dass seine Mutter sich nicht mehr vom Krebs erholen würde. Derjenige, der sich eingestand, ein Elternteil bereits begraben zu haben, und sich weigerte, auch den zweiten Elternteil zu verlieren. Und er war der Mann, der zugab, dass er die letzten paar Jahre zu große Schuhe getragen hatte, um Frauen abzuschleppen.

Es hatte mich zum Lachen gebracht.

Es war zum Teil komisch, aber andererseits ließ es mich auch traurig werden.

„Weißt du was, ich dachte, nachdem du durch bist mit dem Auftritt, könnten wir vielleicht ... dauerhaft zusammenleben."

Er platzierte einen Kuss auf meinen Lippen und ich war wie eingefroren, als mich die Realität dessen, was Kent gerade gesagt hatte, einholte.

Er wollte, dass wir richtig zusammenlebten.

Vielleicht würden wir heiraten.

Vielleicht würden wir Kinder machen.

Aber das war ein Schritt, den ich noch nicht bereit war zu tun. Noch nicht.

Dann wiederum musste ich nicht einmal über unsere Beziehung nachdenken, ich genoss es einfach, mit ihm zusammen zu sein.

Ich nickte mit dem Kopf und war unfähig zu sprechen, als er sich von mir löste.

„Ist das ein Ja?"

Ich lachte, als ich wieder in seine Arme sprang.

„Ja. Ja, ja!", rief ich und küsste ihn wieder und wieder.

„Ich will meine Sachen gleich hier rüberholen. Ist es okay, wenn ich mit dir gehe, um nach deiner Mom zu sehen? Ich will dabei sein, wenn du ihr die Neuigkeiten erzählst."

Er umarmte mich. „Sie weiß es schon."

Er überraschte mich mit jedem Tag mehr – auf eine gute Weise, keine schlechte. Ich tanzte auf meinem Hochgefühl und musste unbedingt Gail anrufen.

„Ruf sie an", sagte er, noch bevor ich meinen Mund aufmachen konnte. Ich sprang auf wie ein kleines Kind, das zum Süßwarenladen gehen und sich all das aussuchen durfte, was es wollte.

„Rate mal!", schrie ich in dem Moment, als sie das Telefon beantwortete.

„Du bist schwanger?"

„Nein."

Warum dachte sie das, wurde ich etwa dick?

„Du wirst heiraten?"

„Wieder nein."

Bevor sie wieder raten konnte, dachte ich, dass meine Neuigkeiten vielleicht doch gar nicht so toll waren.

„Kent hat mich gebeten, zusammenzuziehen."

Sie seufzte. „Wird auch Zeit! Das sind tolle Neuigkeiten. Vergiss alles, was ich gesagt habe. Wann ist die Einweihungsfeier?"

Und dann, bevor ich ihr sagen konnte, dass es keine Feier geben würde, unterbrach sie mich.

„War nur ein Witz. Wann gehen wir los feiern?"

„Morgen", antwortete ich, seufzte und dachte, dass ich nie fertig werden würde mit dem Song, wenn ich heute und morgen ausging.

Kent schaute über die Noten, die ich für den Song aufgeschrieben hatte. „Hey, du bist fast fertig ... Aber du hast noch keinen Titel!"

Gail musste ihn gehört haben, denn sie lachte und rief: „Ich schätze, du hast ihm noch nicht gesagt, dass der Song von ihm handelt?"

Ich entschied mich, den Mut aufzubringen, wenn wir schon zusammenleben würden.

„Er heißt ,Die Größe seiner Schuhe'." Ich wartete auf eine Reaktion, fragte mich, ob er genervt von mir wäre und sich entschließen würde, dass das Zusammenziehen doch keine so gute Idee wäre. Ich konnte Gail am anderen Ende der Leitung lachen hören.

„Guter Titel", sagte er, küsste mich auf die Wange und begann zu seinem Zimmer zu schlendern. Ähm. Unserem Zimmer.

„Das nächste Mal, wenn du zu mir sagst, ich solle raten, ist es besser eines der beiden Dinge, die ich zuerst genannt habe."

Ich hätte nicht gedacht, dass es möglich wäre, aber je mehr Zeit ich mit ihm verbrachte, desto mehr fragte ich mich, ob sie nicht vielleicht recht hatte.

„Ich muss los. Lieb dich, wir sprechen später wegen morgen."

„Ahh, hör auf", lachte sie und ich wusste, dass sie nicht mit mir sprach, sondern mit ihrem neuen Freund.

„Okay, Emma. Bis später."

Ich entschied, dass wir wohl noch etwas Zeit hatten, bevor wir das Haus verlassen müssten. Bald mein Zuhause. Ich fühlte mich aufgeregt beim bloßen Gedanken daran. Eine schnelle Dusche, bevor wir gehen, könnte genau das richtige sein jetzt. Das Leben fühlte sich gut an, das erste Mal seit langer Zeit, und ich wusste, dass nichts und niemand mir das Gefühl je wieder wegnehmen könnte.

Nichts.

Nicht einmal große Schuhe.

###Ende###

Kontakt SarwahCreed

Sexy Bücherwelten - Liebesromane mit Schuss
Für alle, die nicht bekommen von aufregenden, sexy
Liebesgeschichten mit dem gewissen Etwas.
Gegründet von den Autorinnen
Mila Young
Sarwah Creed
Facebook Page ——https://www.facebook.com/SexyBuecherwelten/
Facebook Group - https://www.facebook.com/groups/
SexyBucherweltenCrew/

Rezensenten / Blogger gesucht

... für die heißen Liebesromane von Sarwah Creed & Mila Young!
ARC Link[1]

---

1. https://docs.google.com/forms/d/e/

1FAIpQLSdquB6Ot2daG9DrXAx54tGmOawDxyL81lp0Z96T-yocXJbOPA/

viewform?fbclid=IwAR1FRADw8DJBPmPzI2riW15wGJEkCgcdQ_ctxbgs0xUwSpi7UKezKs

nbfQc

Über die Serie Alles für den Boss:

DANKE, DASS DU DIR meine Neuerscheinungen anschaust. Dies ist das zweite Buch der Serie Alles für den Boss-Serie:

Buch #1 - Chef mit gewissen Vorzügen

Buch #2 - Sexy Überstunden

Buch #3 - Meine Weihnachtsquarantäne

ES SIND UNABHÄNGIGE Geschichten, die in jeder beliebigen Reihenfolge gelesen werden können.

Das sagen Leser über die Serie Alles für den Boss-Serie:

Kurz, aber unterhaltsam!

Habe das Buch auf Facebook empfohlen bekommen und fand Cover und Klappentext ansprechend. Das Buch selbst ist recht kurz, aber trotzdem unterhaltsam. Ich fand die Charaktere niedlich, vor allem Nana, die mich irgendwie an eine verrückte alte Dame erinnert hat (mit ganz vielen Katzen :D), auch wenn sie das gar nicht sein sollte. War ein netter Zeitvertreib und ganz anders als die anderen Bücher der Autorin, etwas erwachsener.

Kurz aber nett!

Die Autorin hat einen sehr eigenen Schreibstil! Wenn man sich daran gewöhnt hat kann man dieses Buch gut lesen.

Über Sexy Überstunden ...

Meine virtuelle Assistentin wird bald herausfinden, wer hier der Boss ist ...

Mir gehört die verdammte Firma, aber ich kann anscheinend trotzdem keine anständige Assistentin finden ...

... mal abgesehen von Olivia.

Sie ist seit Jahren meine Aushilfsassistentin und arbeitet virtuell, mitten im Nirgendwo.

Ich zahle ihr das Doppelte, gebe ihr freie Tage, alles, um diese Frist einzuhalten.

Ich brauche nur keine weitere Ablenkung.

Ich habe Olivia nie persönlich kennengelernt, aber ich stelle mir vor, dass sie eine Jungfer mittleren Alters mit einem Dutzend Katzen ist.

Perfekt, um mich aus Schwierigkeiten herauszuhalten.

Bei ihr gerate ich definitiv nicht in Versuchung.

Bis Olivia in mein Büro kommt und sich herausstellt, sie eine smaragdäugige Schönheit ist.

Kopfschüttelnd denke ich: *Ich stecke ganz schön tief in der Sch***e.*

Mein Schw**z richtet sich auf und stimmt mir zu: „Oh, das tust du allerdings!"

Anmerkung der Autorin:

Diese Novelle steckt voller Sex, den Sie genießen können. Sie kann als eigenständiges Buch gelesen werden und im Buch wird niemand betrogen!

Kapitel Eins
Ross

„WAS ZUM TEUFEL WILLST du?", bellte ich, als meine sexy Sekretärin aus Kansas, Scarlett, mein Büro betrat. Ich hätte nicht so grob sein und sie anschreien sollen. Aber ich war müde und hatte keine Geduld mehr. Wir New Yorker hatten eine Art zu sprechen, die dem

Rest des Landes manchmal grob erschien, aber für uns? Da war es ganz normal.

Wie dem auch sei, Scarlett war meine Sekretärin, nicht meine Frau. Ich hatte den Fehler gemacht, sie einmal zu bumsen, und diesen Fehler hatte ich im Laufe der Woche immer wieder gemacht.

Ein Mann sollte immer aus seinen Fehlern lernen.

Am Montag hätte ich dem ein Ende setzen sollen.

Der Dienstag war zu verlockend.

Am Mittwoch wurde es irgendwie albern ... und all die Tage danach waren nichts als schlichte Dummheit, und ich zahlte den Preis dafür, und wie.

Normalerweise, wenn eine Frau mich mit der Peitsche in meinem Spielzimmer sieht, sagt sie mir, ich solle sanft sein, oder sie sieht mich mit einer Gerte und verlangt, dass ich sie nicht zu hart schlage.

Nicht Scarlett, sie war die Fantasie eines jeden Mannes im Spielzimmer, im Sitzungssaal, im Büro, auf dem Parkplatz und im Aufzug, aber nicht in meinem Schlafzimmer. Sie hing von dem Moment an zu sehr an mir, als ich den Fehler machte, sie da drin zu ficken.

Das war, als sie ihr wahres Gesicht zeigte, und es war nicht hübsch. Den Spaß verdarb sie am Donnerstag, als sie mich bat, sie in meinem Bett in den Arm zu nehmen. Das ist etwas, das ich nie tue, aber während ich sie vom Spielzimmer ins Wohnzimmer trug, bat sie mich, mich in mein Bett zu legen, nur für eine kleine Weile. Sie hatte mit süßem Blick voller Sehnsucht gefragt, und ich hatte dummerweise nachgegeben. Irgendwie schaffte sie es, über Nacht zu bleiben. Damen übernachten nie bei mir, also hätte ich es gleich abblasen sollen, aber das habe ich nicht getan. Ich war ein geiler Idiot, und nach dieser Nacht beschloss ich, dass sie nicht mehr bei mir übernachten würde.

Ich würde zu ihr gehen, sie ficken, und sobald sie schlief, würde ich verschwinden. Ich schaffte es immer, sie zu ermüden, also war es kein Problem, mich rauszuschleichen.

Großer Fehler.

Jetzt sitze ich hier mit einer Frau fest, die ... anhänglich ist. Ein Schauer des Ekels lief mir über den Rücken, sobald ich das Wort auch nur dachte. Ich blickte zu ihr auf, als sie sich mir in meinem Büro näherte, und in ihrem Augenwinkel hatte sich bereits eine kleine Träne gebildet.

„Ich fühle mich einfach nur benutzt ..." Sie schniefte ein wenig als sie näher kam und ich spürte, wie sich mir vor Nervosität der Magen verkrampfte. *Jetzt geht es los ...*

„So, als würdest du mich nur für meinen Körper mögen und sonst nichts." Sie begann zu schmollen, und ich konnte sehen, dass sie etwas vorhatte, denn sie ließ die Tür weit offen. Wir waren in meinem Büro, und sie sprach über Herzensangelegenheiten. Nur dass es für mich eine Schwanzangelegenheit ist. Das würde nicht gut ankommen, bei Weitem nicht. Ich wusste, dass sie wollte, dass alle draußen es hören. Ich wollte nicht, dass das Personal wusste, dass ich es wieder getan hatte.

Schon wieder.

Dieselbe verdammt dumme Sache, vor der mich die Personalabteilung, der Finanzleiter, meine Eltern, meine Freunde und sogar meine Haushälterin schon zu oft gewarnt hatten, und ich machte es trotzdem.

Ich stand schnell auf und schloss die Tür. Dann drehte ich mich um, um sie zu trösten und versuchte, einen Weg zu finden, wie ich aus diesem riesigen Schlamassel, das ich angerichtet hatte, herauskommen könnte, schon wieder!

Vielleicht, wenn sie aufhören würde, als meine Sekretärin zu arbeiten, würde die riesige Scheiße, die ich angerichtet habe, verschwinden. Ich warf ihr einen spekulativen Blick zu, wobei ich in Wirklichkeit versuchte, Zeit zu gewinnen, und wandte mich dann ab, als ob ich über das, was sie gerade gesagt hatte, nachdachte. Ich versuchte, schnell eine Lösung zu finden. Ich könnte sie entlassen, ihr sagen, sie solle verschwinden und nicht zurückkommen, aber das könnte nach hinten losgehen.

Wenn ich nicht behutsam mit ihr Schluss machte, könnte sie zur Personalabteilung gehen und ihnen sagen, dass ich meinen Schwanz nicht in der Hose behalten konnte. Die Arbeitsbehörde wäre an meinem Fall dran und würde das Konto des Unternehmens wegen sexueller Belästigung schließen, und ich hätte möglicherweise eine Klage am Hals. Ein weiteres Konto der Arbeitsvermittlung würde wegen meiner Unfähigkeit, meinen Schwanz in der Hose zu behalten, aufgelöst. Ich musste schnell denken; ich war ein verdammter Milliardär. Ich traf den ganzen Tag lang wichtige Entscheidungen. Das war nicht anders als ein Geschäft, das ich abschließen musste, sonst würde es mich ruinieren.

„Du musst darüber nachdenken, was das alles bedeutet", erklärte ich ihr.

„Was?"

Sie hatte recht, worauf wollte ich hinaus?

Meine Handflächen schwitzen während ich nach einer Lösung suche, meine Stimme ist rau, weil ich zur Tür gelaufen bin, um sie zuzumachen, und dann zurück zu ihr, und meine Gedanken sind völlig durcheinander. Vor zwanzig Minuten hatte ich ein wichtiges Meeting. Wann zum Teufel ist mein Leben so verdammt kompliziert geworden und wann habe ich die Kontrolle darüber verloren?

Was zum Teufel hatte mich nur dazu getrieben, den gleichen dummen Fehler erneut zu machen?

„Ich weiß, dass du denkst, dass ich dich nicht zu schätzen weiß", und dabei starrte ich in ihre meerblauen Augen, mein Gesicht eine Maske der Reue, die nur vorgespielt war, aber das brauchte sie nicht zu wissen. Jetzt würde ich erst mal diese Spielchen spielen, bis ich mich nach meinem Meeting auf diese Sache konzentrieren konnte. Dann hätte ich nämlich die Zeit, darüber nachzudenken und einen Plan zu entwerfen. „Aber das weiß ich sehr wohl. Du bist wunderschön."

Ich streichle ihr langes, blondes Haar und denke mir dabei, dass Blondinen wirklich mehr Spaß haben. Und erneut wurde ich abgelenkt, weil ich meine Hände auf ihre Brüste gleiten ließ. Diese großen, runden Melonen, mit denen ich mich einen ganzen Monat vergnügen könnte. Sie sind so verdammt saftig, dass ich feststelle, wie ich ihre Bluse aufknöpfe. Nein, ich knöpfe sie nicht nur auf, ich reiße sie auf, und die Knöpfe reißen ab, während mir das Wasser im Mund zusammen läuft, und mein Schwanz darauf besteht, zu ficken.

„Du tust es schon wieder. Du siehst nur meinen Körper und willst mich nehmen."

Ich ließ meine linke Augenbraue sinken und schürzte verwirrt den Mund.

Wie bitte?

Darüber hatte sie sich noch nie beschwert.

Ich ließ meinen Blick nach unten gleiten, zu ihrer weißen Baumwollbluse, die über diesen wunderbaren Rundungen lag. Bumsen, ja, bumsen war genau das, was ich jetzt tun wollte.

„Verdammt, deine Titten, ich hatte noch nie eine Frau mit so großen Titten wie deinen ..."

Ich musste sie nur noch ihres BHs entledigen, aber es war, als hätte sie ein Gerüst oder so etwas an, das sie zurückhielt. Normalerweise würde sie einen sexy BH tragen. Heute nicht. Sie hatte einen Apparat an, der für alle Frauen unter hundert Jahren verboten sein sollte.

Sie stieß mich weg, aber ich war wie ein hungriger Wolf, der bereit war für einen Fressrausch. Scheiße, sie war bereit, mich zu füttern, ob es ihr gefiel oder nicht.

„Tu das nicht", knurrte ich und näherte mich ihr.

„Siehst du? Du willst mich nur für meinen Körper. Ich habe dir eine Frage gestellt. Antworte mir, Ross Hamilton!"

Sie hatte die Hände in die Hüften gestemmt und machte keine Witze. Ich hatte das Gefühl, sie hätte meinen Schwanz auf das Abstellgleis gestellt, obwohl er in ihre Richtung zeigte.

„Liebst du mich?"

Was?

Wir fickten erst seit einer Woche, nicht seit einem Jahr. Und selbst wenn ich das Interesse an ihr so lange aufrechterhalten könnte ... Liebe? Das steht für mich nicht auf dem Plan. Hatte es nie, und es würde auch jetzt nicht anfangen.

Mein Schwanz, der voll erigiert war, ging nach unten, als hätte ihn ein Windstoß heruntergezogen, und ich wusste, dass ich diese schöne Beziehung beenden musste, große Brüste hin oder her. Es war ausgesprochen, sogar für mich.

Mein Sexualtrieb war in den letzten zehn Sekunden getötet worden. Mein Herz raste wie wild und ich überlegte mir, ob ich lügen sollte oder nicht, aber mein Mund tat etwas ganz anderes.

Er öffnete und schloss sich wie die Jalousien in meinem Büro, wenn ich halbnackte Gesellschaft hatte, wie sie jetzt. Immer wenn ich wollte, dass die Leute wussten, was ich tat, ließ ich sie offen, damit ich sie auch ausspionieren konnte. Wenn sie geschlossen waren, dann ging sie das verdammt noch mal nichts an. So wie jetzt.

Ich atmete tief durch und kontrollierte all meine Emotionen, um sicherzustellen, dass meine nächsten Worte alles, was schief gelaufen war, vor der nächsten Viertelstunde verschwinden ließen, damit ich ein paar Minuten Zeit hatte, mich auf das nächste Meeting vorzubereiten.

Ihre Augen waren weit geöffnet und sie wartete auf meine Antwort.

Okay, jetzt war der Zeitpunkt gekommen. Ich werde es sagen. Ich werde es zum ersten Mal in meinem Leben tun. Diese drei Worte würden mich davon abhalten, verklagt zu werden und mich mit allerlei Scheiße herumschlagen zu müssen, die ich nicht gerne in der Öffentlichkeit tue.

Ich war ein Milliardär. Ich hatte meine Firma von Grund auf aufgebaut. Ich konnte das verdammt noch mal schaffen.

Sie kam näher zu mir und ich lächelte. Ich war kurz davor, die Worte zu sagen, die sie verdammt gern hören wollte.

Selbst wenn es eine Lüge war, sie war eine Frau. Die Wahrheit war ihr egal; sie wollte nur diese drei kleinen Worte hören.

Ich wollte das tun.

Ich musste es verdammt noch mal tun.

Einmal öffnete sich mein Mund. Ich war so nah bei ihr, dass ihre Titten gegen meine Brust pressten. Mein Schwanz war wieder bei der Sache und alles lief nach Plan.

„Ja?", fragte Scarlett, nickte mit dem Kopf wie eine Puppe.

Und dann platzte ich einfach heraus: „Nein."

Mein Schwanz schrie: „Du Idiot!", aber mein rasendes Herz nahm wieder seinen normalen Rhythmus an. Die Kopfschmerzen, die ich hatte, legten sich. Sie hob die Hand und gab mir eine Ohrfeige ins Gesicht. Sie machte sich nicht einmal die Mühe, ihr Hemd zuzuknöpfen. Sie ließ meine Tür weit offen, damit jeder sehen konnte, dass ich sie verführen wollte; dass ich meinen Schwanz wirklich nicht in der Hose behalten konnte. Ich sackte auf meinem Schreibtisch zusammen und dachte, dass es trotz allem das Beste sei. Es war das Richtige, so zu handeln.

Es gab nur ein Problem.

Ich tat nie das Richtige, wenn es um Herzensangelegenheiten ging.

Ich werde wohl alt – oder verdammt weich – und es war zum Kotzen!

Ich klopfte mir in die Hose, wo mein Schwanz noch halb hart war, und versicherte ihm, dass alles in Ordnung kommen würde.

Ich flüsterte: „Runter mit dir." Ich würde von jetzt an so viele verdammt kalte Duschen haben, dass es verdammt erschreckend war.

Es gab nur eine Möglichkeit. Eine Sache, die ich tun konnte, um aus diesem Schlamassel herauszukommen, dachte ich, als ich die Tür schloss und die Blicke ignorierte, die sich mir zuwandten. Scarlett war immer noch draußen und schrie, ich sei ein Lügner und versuchte, so viel Aufmerksamkeit wie möglich zu bekommen.

Verdammt, sie machte das Ganze so dramatisch!

Andererseits mochte ich das auch an ihr im Schlafzimmer. Sie hatte so laut geschrien, dass sie beinahe meinen verdammten Kronleuchter heruntergeholt hätte, denn sie hatte ein ziemliches Organ und hätte Opernsängerin oder Playboy-Häschen werden sollen. So oder so, sie hätte in beiden Berufen Erfolg gehabt.

Ich merkte bald, dass die Dinge nicht immer so verfahren sein mussten. Ich musste nur über den Tellerrand hinausschauen und diese ganze Scheiße aus einer anderen Perspektive sehen. Und da ging mir plötzlich ein Licht auf, also eilte ich zu meinem Schreibtisch und fing an zu tippen. Die Worte begannen zu fließen, als meine Idee auf meinem Bildschirm bald zu einer neuen Realität wurde.

Sehr geehrte Virtuelle Assistentin,

Moment. Ich kann sie doch nicht einfach virtuelle Assistentin nennen, oder? Wie, zum Teufel, hieß meine Assistentin? Mir wurde klar, dass ich überhaupt keine Ahnung hatte, wie ihr verdammter Name war. Wo konnte ich ihn finden? Scarlett war wirklich schlecht in ihrem Job als meine Sekretärin, und der einzige Grund, warum ich sie in meiner Nähe behalten hatte, war, um meinen Schwanz zu lutschen und um die Personalabteilung bei Laune zu halten; beides war mir wichtig. Sie konnte gut blasen und aus vollem Halse schreien. Und sie war verdammt heiß anzuschauen, vor allem, wenn sie ohne Höschen zur Arbeit kam.

Scheiße, ich wurde schon wieder abgelenkt. Ich musste schnell mit dem Tippen anfangen, um alles vor dem Meeting zu erledigen. Ich blätterte durch die E-Mails, die Scarlett mir von ihr weitergeleitet hatte.

Wo sind diese E-Mails?, fragte ich mich, während ich langsam die Geduld verlor, und schon wollte ich das Handtuch werfen, in der Gewissheit, dass ich niemals rechtzeitig eine entsprechende E-Mail finden würde, aber nachdem ich sorgfältig gesucht hatte, fand ich doch noch eine.

Volltreffer!

Ihr Name war Olivia. Also löschte ich die Anrede "Liebe virtuelle Assistentin" und schickte eine persönlichere E-Mail. Ich wollte sie nicht wegen einer E-Mail verschrecken, ich wollte nur, dass sie ins Büro kommt.

Betreff: Anstellung im Büro

Liebe Olivia,

Es tut mir leid, dich so kurzfristig davon zu informieren.

Ich möchte, dass du aufhörst, eine virtuelle Assistentin zu sein, und für nur sechs Wochen im Büro arbeitest. Mehr verlange ich nicht, es ist nur so, dass Scarlett vorübergehend nicht verfügbar ist, und ich brauche wirklich deine Unterstützung im Büro.

Ich wäre dir dankbar, wenn du morgen früh um neun Uhr im Büro sein könntest, damit wir anfangen können.

Ross Hamilton

Geschäftsführer

Hamilton Investments

Ich hatte nicht damit gerechnet, dass sie sofort antworten würde. Selbst Scarlett tat das nie, und sie saß direkt vor meinem Büro. Ich war überrascht, als sie innerhalb von zwei Minuten, nachdem ich den Sendeknopf gedrückt hatte, bereits auf meine Nachricht geantwortet hatte. So gut war sie! Olivia war seit über zwei Jahren bei der Firma, hatte aber nie einen Fuß in dieses Gebäude gesetzt. Ich fand es seltsam, dass sie nie hereingekommen war, und dass ich selbst dann nicht auf sie verzichten konnte, obwohl ich jemand anderen als Sekretärin bezahlte, aber die Personalabteilung hatte vorgeschlagen, dass ein VA genau das war, was ich brauchte, also hatte ich eine eingestellt.

Sogar einige der Damen, die ganztägig von zu Hause aus arbeiteten, kamen ab und zu im Büro vorbei, besonders wenn es um die Büroparty ging, aber Olivia? Ich hatte sie noch nie zuvor gesehen. Ich wusste nicht, ob das gut oder schlecht war, und im Moment war es mir egal. Ich musste einen Ersatz finden, und die nächsten sechs Wochen würden ausreichen, um alles zu erledigen und sicherzustellen, dass die

Personalabteilung sich wegen dieser Situation mit Scarlett nicht nur wegen des Verlusts des Vertrags mit der Arbeitsvermittlung, sondern möglicherweise auch wegen einer Klage wegen sexueller Belästigung aufregen würde.

Die Mitarbeiter beschwerten sich den ganzen Tag über die Arbeit, aber in dem Moment, in dem ihnen etwas geschenkt wurde, wie bei der Weihnachtsfeier des Unternehmens, zögerten sie nicht, ins Büro zu kommen – kostenloses Essen und Trinken, mit Musik. Niemand ließ sich das entgehen, vor allem nicht in diesem Büro.

Re: Anstellung nicht im Büro.

Sehr geehrter Mr. Hamilton

Vielen Dank für Ihre E-Mail. Ich muss sagen, dass ich überrascht war, eine E-Mail von Ihnen und nicht von Scarlett zu erhalten, denn ich glaube, dass sie bisher am längsten als Ihre Sekretärin dabei war. Wie Sie wissen, arbeite ich nicht nur für Ihre Abteilung, sondern auch für das gesamte Unternehmen.

Haben Sie etwas dagegen, wenn ich meine Aufgaben für die Woche abschätze, bevor ich fest zusage, morgen ins Büro zu kommen?

Mit freundlichen Grüßen,

Olivia Watson

Virtuelle Assistentin

Hamilton Investments

Ich las ihre E-Mail erneut und starrte sie ausdruckslos an. Sie dachte anscheinend, ich würde ihr die Möglichkeit geben, morgen oder sogar übermorgen zu kommen. Es gab keine verdammte Wahlmöglichkeit, es handelte sich auch nicht um eine Bitte. Sie musste morgen ins Büro kommen. Ich war der Geschäftsführer, für wen auch immer sie sonst noch arbeitete, sie mussten warten. Es war mir egal, es war nicht mein Problem. Ich hatte nur ein Problem, und das war, dass ich morgen eine neue Sekretärin im Büro brauchte!

Betreff: Das ist keine Option!

Olivia.

Bitte sei morgen um sieben im Büro.
Ross

ICH WARTETE NICHT AUF ihre Antwort. Es stand nicht zur Debatte: Sie musste morgen früh in meinem Büro sein, sonst würde sie ihren Job verlieren. Ich kannte ihre Situation nicht, und ich musste zu diesem Meeting gehen. Man sagt, die Zeit vergeht wie im Flug, wenn man sich amüsiert; ich habe das Sprichwort nie verstanden, weil sie nie schnell zu vergehen schien, wenn ich es brauchte. Ich rief die Personalabteilung an und bat sie, mir die Einzelheiten mitzuteilen, im Vertrauen darauf, dass ich morgen eine Sekretärin an meiner Seite haben würde. Olivias mangelnder Enthusiasmus für die Änderung der Abmachungen nach zu urteilen, war ich zuversichtlich, dass es nur Arbeit und kein Vergnügen sein würde. Sie musste eine Einzelgängerin oder so etwas sein. Ich hatte auf dem Spielplatz mit Mädchen herumgealbert, anstatt mit echten Frauen in Kontakt zu kommen. Erfahrene, die ihre Gefühle unter Kontrolle hatten. Ich war fünfunddreißig, und es war an der Zeit, dass ich anfing, mich meinem Alter entsprechend zu verhalten und mich nur an Frauen in meinem Alter zu wenden, denn nicht alle wollten nach der ersten Woche einen Ring am Finger.

Es war eine gute Sache, dass eine Einzelgängerin wie Olivia, die wahrscheinlich sogar viele Katzen besaß, anfing im Büro zu arbeiten. Denn eines stand fest: Es war unwahrscheinlich, dass ich von ihr in Versuchung geführt werden würde, was bedeutete, dass ich ausnahmsweise einmal meinen Schwanz in der Hose behalten würde. Sie musste eine alte Jungfer sein, sonst würde sie zumindest auf der Büroparty auftauchen. Stattdessen blieb sie lieber zu Hause, aber ihre Zeit, in der sie von zu Hause aus arbeitete, war für die nächsten sechs Wochen vorbei, und daran sollte sie sich besser gewöhnen.

Don't miss out!

Visit the website below and you can sign up to receive emails whenever Sarwah Creed publishes a new book. There's no charge and no obligation.

https://books2read.com/r/B-A-OEXM-MCRKB

BOOKS2READ

Connecting independent readers to independent writers.

Did you love *Chef mit gewissen Vorzügen*? Then you should read *Sexy Überstunden*[1] by Sarwah Creed!

Meine virtuelle Assistentin wird bald herausfinden, wer hier der Chef ist ...

Mir gehört die verdammte Firma, aber ich kann anscheinend trotzdem keine anständige Assistentin finden ...

... mal abgesehen von Olivia.

Sie ist seit Jahren meine Aushilfsassistentin und arbeitet virtuell, mitten im Nirgendwo.

Ich zahle ihr das Doppelte, gebe ihr freie Tage, alles, um diesen wichtigen Termin einzuhalten.

Ich brauche nur keine weitere Ablenkung.

---

1. https://books2read.com/u/mYAQPo

2. https://books2read.com/u/mYAQPo

Ich habe Olivia nie persönlich kennengelernt, aber ich stelle mir vor, dass sie eine Jungfer mittleren Alters mit einem Dutzend Katzen ist.

Perfekt, denn dann komme ich nicht in Schwierigkeiten.

Bei ihr gerate ich nämlich definitiv nicht in Versuchung.

Bis Olivia in mein Büro kommt und sich herausstellt, dass sie eine smaragdäugige Schönheit ist.

Kopfschüttelnd denke ich: Ich stecke ganz schön tief in der Sch***e.

Mein Schw**z richtet sich auf und stimmt mir zu: "Oh ja, das tust du allerdings!"

Anmerkung der Autorin:Diese Novelle steckt voller Sex und Erotik. Sie kann als eigenständiges Buch gelesen werden und im Buch wird natürlich niemand betrogen!